Sylvie Schenk

Der Aufbruch des Erik Jansen

Ich danke von ganzem Herzen Hans-Joachim Schenk, Benedikt Geulen, Eduard Hoffmann und Annette Marquardt für ihre wertvollen Korrekturen, Kritiken und Anregungen zu diesem Roman.

Grafische Gestaltung: Dorothea Löcker, Wien
Umschlagabbildung: © darrin/www.fotosearch.com
Druck und Verarbeitung:
Remaprint, Wien
ISBN 978-3-85452-689-6

Informationen über das aktuelle Programm
des Picus Verlags und Veranstaltungen unter
www.picus.at

Sylvie Schenk

Der Aufbruch des Erik Jansen

Roman

Picus Verlag Wien

Ich befahl mein Pferd aus dem Stall zu holen. Der Diener verstand mich nicht. Ich ging selbst in den Stall, sattelte mein Pferd und bestieg es. In der Ferne hörte ich eine Trompete blasen, ich fragte ihn, was das bedeutete. Er wußte nichts und hatte nichts gehört. Beim Tore hielt er mich auf und fragte: »Wohin reitet der Herr?« »Ich weiß es nicht«, sagte ich, »nur weg von hier, nur weg von hier. Immerfort weg von hier, nur so kann ich mein Ziel erreichen.« »Du kennst also dein Ziel«, fragte er. »Ja«, antwortete ich, »ich sagte es doch: ›Weg-von-hier‹ – das ist mein Ziel.« »Du hast keinen Eßvorrat mit«, sagte er. »Ich brauche keinen«, sagte ich, »die Reise ist so lang, daß ich verhungern muß, wenn ich auf dem Weg nichts bekomme. Kein Eßvorrat kann mich retten. Es ist ja zum Glück eine wahrhaft ungeheure Reise.«

FRANZ KAFKA, Der Aufbruch

1

Alles hat mit *Der Aufbruch* von Kafka angefangen. Die Schüler meines Leistungskurses sollten die Parabel interpretieren, die ich am Tag davor flott im Internet herausgepickt hatte: Ich erstickte in den Korrekturen und hatte keine Zeit, mich groß vorzubereiten, obwohl ich einer der gewissenhaftesten Lehrer der St.-Theresa-Schule in Aachen war. Nicht nur gewissenhaft. Ich liebte die Vorbereitungen zum Unterricht mehr als den Unterricht selbst, weil ich mich meinen literarischen Liebeleien hingeben durfte. Ich küsste das Wort, verehrte den Satz, mich beflügelte der Gedanke, die Geheimnisse eines Textes weitergeben zu dürfen; dabei konnte mir niemand mit seiner Arroganz, seiner Ignoranz in die Quere kommen: Ja, vor virtuellen Schülern gab ich den idealen Lehrer ab.

Wahrscheinlich war das Abschiedsgeschenk der Kollegen drei Monate später eine Anspielung auf den Text und die darauf folgenden Probleme.

Ingo, der Latein (mein zweites Fach) und Französisch (wie meine Exfrau Viola) unterrichtete, hatte bei den zweiundfünfzig Lehrern des Kollegiums eine hübsche Summe zusammengebracht. Ich selbst hatte nicht selten über den Geiz meiner christlichen Kollegen gestaunt, aber der Gutschein des Reisebüros, den Ingo mir feierlich übergab, war alles andere als kleinlich. Ich interpretierte diese Großzügigkeit als aus einem ironischen Mitgefühl geboren, wenn auch Ironie und Sympathie eine contradictio in adiecto enthalten. Ich würde sogar wetten, dass Herr Doktor Wittkopf, der Direktor der Schule, sich besonders gönnerhaft gezeigt hatte, da er meinen Rücktritt als die beste Lösung für sich und alle Beteiligten ansah. Die Unterschriften der beigefügten Karte bezeugten sogar die Teilnahme des Sekretariats, des

Beirats und des Reinigungspersonals: Wir sind ja eine Familie, das St.-Theresa-Gymnasium ist eine heilige Familie, in der die Dreieinigkeit Eltern-Schüler-Lehrer unsere Jugend, sprich die Zukunft unseres Landes, im Nest einer wohlwollenden und klugen Verwaltung, zum Aufblühen bringt.

Auch der Leistungskurs von Johanna hatte mir ein schönes Geschenk gemacht: eine Edition von Kafkas Tagebüchern.

Ingo, der bei jedem Fest eine flaschengrüne Krawatte trug, die sein ungepflegtes Aussehen nicht aufbesserte, und einen Dreitagebart, der seinen biedermeierlichen Stil nicht aufhob, wischte sich die Stirn mit dem Ärmel ab. Er atmete weiter geräuschvoll ins Mikrofon: »Das Dengue-Fieber herrscht in Brasilien, in Mali wütet der Bürgerkrieg, ein Unwetter verunsichert Kalifornien, in Thailand wurde gerade das Notstandsrecht für Bangkok ausgerufen, in Portugal streikt das Bodenpersonal der Flughäfen, in fünfzig weiteren Ländern und Gebieten ist das Reisen unsicher, nicht mal unsere Viola (sie stand neben Wittkopf und schaute schräg auf dessen Weste, als hinge da ein Knopf am Faden) hätte dich gern an einen dieser netten Orte geschickt. Wir, lieber Erik, wollen dich Deserteur zwar in die Wüste schicken, dennoch haben wir ab imo pectore ein Reiseziel deiner Wahl bevorzugt, ja, wir lassen es offen, wie man jede Geschichte offen lassen sollte, wohin du deine Schritte lenken willst, und auch wenn du sicherlich, lieber Erik, einen Hang zum Abenteuerlichen hast, wünschen wir dir eine sichere und wohltemperierte, organisierte Reise. Acta est fabula, du gehst, Kollege, und wir sind nur über eines böse: Warum hast du uns nicht gesagt, dass du im Lotto gewonnen hast? Audaces fortuna juvat.«

Cicero in grüner Krawatte grunzte selbstzufrieden, alle grinsten, auch diejenigen, denen seine lateinischen Einsprengsel auf die Nerven gingen. Ich fand seine ironischen Andeutungen plump, die ganze Ansprache dämlich und nickte freundlich. Zwei Referendare tuschelten hinter meinem Rücken. Stimmt das mit dem Lotto?, fragte der eine. Hm, eher hat Ingo die richtige Nummer gezogen, flüsterte der intelligentere. Was er wusste, was die anderen wussten, blieb unklar und mir völlig egal. Ingo war natürlich von Viola eingeweiht worden, keinem hatte ich mich selbst anvertraut. Den offiziellen Anlass meines Abgangs hatte ich sogar vergessen: Waren es gesundheitliche Gründe? Ein längerer Auslandsaufenthalt? Manche dachten, es erwarte mich eine lukrativere, verantwortungsvollere Aufgabe. War unsere interne Schulmoral nicht so gestrickt, dass nichts Negatives durchsickern durfte und dass die Lügen und Selbstlügen, die die Luft des Lehrerzimmers beschwerten, niemals weggeblasen wurden? Als tief eingeatmeter Bestandteil der Atmosphäre vergifteten sie unser Wesen, wie das Nikotin unsere Lungen, als man vor fünf Jahren in der Schule noch hatte rauchen dürfen. Hatte Wittkopf den Mund gehalten? Und die zwei Sekretärinnen, die durch die angelehnte Tür alles mitbekommen haben mussten? Gerüchte breiteten sich in der Schule schneller aus als Niespulver in der Fünften. Pater Claudius, der letzte Geistliche unserer katholischen Schule, gab mir zwinkernd die Hand und verriet sich, mich und die anderen, als er sich wie immer mit dem Spruch »die Pflicht ruft« verabschiedete und mir zuraunte: Gott gibt jedem eine zweite Chance, Erik. Ich fragte mich, wie ein Erwachsener, der Philosophie und Religion studiert hat, eine so grenzenlose Naivität offenbaren kann.

Ich bin der geborene, höflich lallende Gast. Während der ganzen Feier stand ich brav und krumm neben mir selbst, als träfe ich Unbekannte in einem Schneesturm und versuchte nett mit ihnen gegen die Windrichtung zu plaudern, obgleich es viel dringender wäre, seine Haut zu retten, wegzurennen, ins Warme, nach Hause, solange man noch den Weg finden konnte. Dieses Gefühl, dass sich alle Worte an einen anderen richteten, war nichts Neues: Als Jugendlicher schaffte ich es nur beim Fußballspiel, mich selbst einzuholen, ja, ich wurde mit mir eins, wenn ich den Ball ins Tor kickte. Dieses Gefühl der Fremdheit hat mich aber gegen das große Theater der Gesellschaft immun gemacht, ich entlarve leicht deren Akteure, mich inbegriffen. Sehr lange habe ich die Rolle des Ehemanns und Vaters fehlerfrei gespielt. Das Kind als kopulative Bindung half dabei, zu verdrängen, dass das große Schauspiel der Ehe nach dem Fußballsport die zweitbeste Methode ist, sich selbst zu vergessen.

Stimmen gackerten gedämpft, ein Film breitete sich über Gläser, Häppchen und gestikulierende Gestalten aus, das Gefühl eines surrealistischen Ereignisses wirkte narkotisierend und verursachte mir eine leichte Übelkeit. Ich trank Sekt Orange und stieß mit der erkälteten Frau Doktor Meyer an, die mit roten Backen und nasaler Stimme in das falsche Spiel einstimmte, also, lieber Herr Jansen, Sie haben den Mut, etwas Neues anzufangen, alle Achtung, alle Achtung, wer sich nicht in die Routine fallen lässt, verdient unsere Anerkennung. Sie hustete und dabei schwoll ihre Halsader beeindruckend an. Ich hoffe, stockte Bernd und ließ seine Hoffnungen offen, ich denke, sagte David, und ein paar Schlagworte entkamen seinem Mund und stürzten ins Leere, ich habe gehört, unterbrach Marlies, dass Sie Ihre alte Mutter pflegen wollen, das finde ich große Klasse, he, echt große Klasse, das Grab meiner Eltern, lachte ich, braucht keine Pflege, und schon rettete mich die Austauschlehrerin Marleen Zwagerman aus Amsterdam, man würde mich vermissen, ja, meine Freundlichkeit, meine Ratschläge, alles habe sie genossen. Die Stimme der Niederländerin hüpfte auf und ab, ich vernahm jeden Satz als softe Technomusik, ab und zu sprang ein Stichwort heraus, Freundlichkeit, vermissen, es kitzelte, es wärmte, ich aber wusste immer weniger, wo ich steckte, starrte auf Marleens Sommersprossen und entfernte mich in ein extragalaktisches Sternsystem, he, Erik Jansen, erinnerte mich Marleen an meinen Namen, komm einfach nach Amsterdam! Ihr blauer Blick strahlte, ihre gebräunte Hand lag auf meinem Sakkoärmel, und sie stand auf den Zehenspitzen, als wollte sie mir einen Kuss geben. Ach, Marleen, dein blauer Blick, dein Optimismus, deine Direktheit. Und sie fragte: Soll ich nicht, wenn ich mal wieder zu Hause bin, nach einer Stelle in Amsterdam für dich suchen? Ich weiß nicht, Marleen, ich weiß noch gar nichts. Erik, du meldest dich, wann du willst, morgen, nächste Woche, im nächsten Jahr. Ich kenne die Leiterin einer Privatschule, mit der war ich mal dick befreundet, die werden dich mit offenen Armen empfangen. Sie suchen öfter nach einem guten Deutschlehrer. Herr Jansen, Herr Jansen, unterbrach ein älterer Kollege, ich höre, das Goethe-Institut habe Sie uns abspenstig gemacht! Herr Jansen-Herr Jansen. Mein Name war oft in doppelter Folge von Kindermund gesprochen worden, Herr Jansen-Herr Jansen, kriegen wir nicht hitzefrei? Ich wurde zwanzig Jahre lang täglich halbiert, entzweit oder verdoppelt. Herr Jansen, der Kluge, Herr Jansen, der Narr. Herr Jansen, der Feigling, Herr Jansen, der Verrückte. Der Liebende, der Hassende. Der Verlorene, der Verlierende. Die Kinder hatten dem Herrn Jansen mehrere Leben geschenkt, die ich jetzt aushauchte, im Sektglas ertränkte, einem fremden Glas mit Lippenstiftspuren, da ich nicht wusste, wo ich meines hingestellt hatte. Sag die Wahrheit, Erik, hast du dich als Hacker in der Sparkasse anheuern lassen? Judith hatte mir früher Nachhilfe im Fach Informatik gegeben. Viola nahm ihren Platz ein. Schweiß perlte in ihrem Ausschnitt. Die dicke Karin, sagte sie, gibt mir die Schuld an deiner Kündigung, die blöde Kuh denkt, unsere Scheidung habe dich zu dieser Demission gebracht. Ich korrigierte: Unsere bevorstehende Scheidung. Rien de rien, tu ne regrettes rien? Nein, antwortete sie, vorbei ist passé und wir würden es nicht besser machen, es gäbe nur ein mühsames Wiederkäuen von Pro-und-Contra-Argumenten, einen Mischmasch von Rechtfertigungen und Anschuldigungen, und wir wollen uns das ersparen, wir sind vernünftige Menschen. Wir schwiegen ein paar Sekunden, und sie blickte verloren umher. Ihr Ausdruck weckte in mir das Bild einer früheren Viola mit langen Hennalocken, mit der ich in einer verrauchten Studentenkneipe die Welt stundenlang neu erfunden hatte und die so wie jetzt innegehalten, sich ein bisschen verwirrt umgesehen hatte. Unsere Hände hatten sich über dem Tisch gehalten und es geschah, dass einer von uns die Hand des anderen zu sich hinzog und zu seinen Lippen führte. Und jetzt fragte sie:

Warum lächelst du? Ich lächelte schräg: Wegen vorbei ist passé und weil du nach einer Kündigung von Demission sprichst. Sogar bei den Vokabeln duldest du keine Wiederholungen. Sie seufzte und hob beide offenen Hände auf die Höhe ihrer Brust, als wollte sie daraus ihren Text lesen, dein Spott ist nicht gerade angebracht, Erik. Kein Spott, Viola, nur vorgreifende Nostalgie. Hast du der dicken Karin widersprochen? Nein, Erik, sie sollen alle glauben, was sie wollen. Und was wollen sie am liebsten glauben?, fragte ich. Es hat sich einiges herumgesprochen, erwiderte Viola, und wir sollten aufhören, Karin die dicke Karin zu nennen. Ich warf einen Blick zur dicken Karin, die sich durch ihr Gewicht von der schlanken Karin (Mathe und Sport) abhob, und kreuzte ihren Blick, den sie schnell abwandte. Der Wittkopf beobachtet uns, sagte Viola. Alle beobachten uns, sagte ich. Sollen sie nur. Viola räusperte sich: Und? Wie geht es dir, Erik? Ich stecke noch im Tunnel, aber nicht mehr lange, ich werde mir eine schöne Sonnenbrille kaufen und auf Reisen gehen. Erzwungenes Lächeln. Viola feuchtete ihren Zeigefinger an und fuhr damit um die Glaskante herum, ohne einen Klang zu erzeugen. Es gibt auch Nachtbrillen, die blendfreies Fahren versprechen, grinste sie. Blendfreies Fahren, unterstrich sie, als hätte ich die so geistreiche Andeutung nicht kapiert. Eine schöne Feier, oder? Schließlich warst du ein guter Lehrer dieser Schule. Ingo hat gemacht, was er konnte. Danke, sagte ich, merci beaucul. Sie zuckte mit den Schultern: Ah, ah, très drôle. Und was willst du jetzt tun? Eine Reise, antwortete ich, ihr habt mir doch eine Reise meiner Wahl geschenkt, und ich wedelte mit dem Gutschein aus meiner Jackentasche. Und dann?, fragte sie. Ich weiß es nicht … Du weißt es nicht? Nein, ich weiß es nicht. Ich wusste es wirklich nicht. Weg von hier, sagte ich, weg von hier ist mein Ziel. Ich lachte böse, ließ noch meinen Blick über die Kollegen und ihre Sektgläser, über die lächelnden Münder, die nickenden Häupter schweifen und freute mich, das Zitat gefunden zu haben, das wie ein Sensenblatt alle diese Menschen hatte verschwinden lassen.

Zu Hause erwartete mich nur noch unsere rote Katze.

2

Eine Kofferherde wartete darauf, in den Bus hineingestopft zu werden, prallvolle Rolltresore, alle schwarzgrau bis auf zwei leuchtende Hartschalentrolleys. Davor gruppierten sich die Kofferbesitzer um die Reiseleiterin Sabrina. Sie waren noch in gedämpfter Stimmung, unaufgeregte Leute in Herbstmänteln, nicht freudetrunken bei dem Gedanken an die Reise, nur erleichtert, nicht den Bus verpasst zu haben, der sie zum Flughafen Frankfurt bringen würde. Bis auf zwei Frauen – die Besitzerinnen der leuchtenden Trolleys –, eine vollbusige Blondine und ihre magere, streng-elegante Begleiterin, die sich mit einem deutschbelgischen Akzent unterhielten, waren alle diese Touristen über sechzig, die meisten wahrscheinlich schon Rentner, mit einer Unmenge Reisen auf dem Buckel. Man durfte bei ihnen nicht die Freudensprünge einer Jahrgangsstufe zwölf erwarten, auch wenn einige Ältere vermutlich wie meine Schüler einen Flachmann in ihrem Koffer versteckt hatten – schließlich reisten wir in ein arabisches Land. Man zeigte eine vornehme Neugier, sorgte sich um die Pünktlichkeit des Fluges, wohl wissend, dass höchstens ein schicksalsträchtiger Eiswürfel im Willkommenstrunk unsereinen außer Gefecht setzen konnte. Im Bus erzählten zwei alte Herren um die Wette von früheren Touren durch Mauretanien, von Fotosafaris in Afrika, von Trips durch Peru, dies alles in der Jugend natürlich, jetzt müsse man kürzer treten, man freue sich auf eine gut organisierte Reise. Ich saß Gott sei Dank mutterseelenallein am Fenster. Ich hatte ein paar Tage zuvor im Reisebüro meinen Gutschein abgegeben, mich schnell und blind für ein gar nicht so entferntes Reiseziel entschieden.

Ich war der fünfundzwanzigste angemeldete Teilnehmer auf der Reiseliste und damit rettete ich die Reise, die erst ab dieser Zahl stattfinden durfte.

Das Flugzeug landete pünktlich, die Koffer kamen ordnungsgemäß zu ihren Besitzern (die Garderobe darin hätte ausgereicht, die ganze Stadt Amman zu kleiden, trügen die Frauen dort bunte Röckchen und tief ausgeschnittene T-Shirts) und der lokale Reiseführer winkte uns mit einer Tafel zu sich: »Liebe Gäste, nennt mich bitte Omar, einfach Omar.« Die Nacht war lau. Wir stellten unsere Uhren um eine Stunde vor. Sabrina zählte fünfundzwanzig Reisende und ließ ihren Blick zum klaren Himmel schweifen, als suchte sie fünfundzwanzig Begleitsterne für ihre Schützlinge. Im Bus zählte sie uns noch einmal durch und verzählte sich, fing von vorn an. Ich erinnerte mich an Klassenreisen, an mein eigenes Durchzählen und Verzählen der Schüler. Immer waren sie in Bewegung, tauschten die Plätze, verschwanden irgendwohin. Ich konnte noch nie gut rechnen, was mir Viola manchmal vorwarf, deren Gesicht mit der tiefen Stirnfalte mir im Bus erschien. Viola war zwar Sprachlehrerin, liebte Literatur, aber ihre Lebensordnung hatte sich mit den Jahren an den einfachen natürlichen und den Ordinalzahlen orientiert. Sie maß und errechnete: dreimal im Jahr die Größe unserer (inzwischen erwachsenen) Tochter, sie zählte die Anzahl der Kalorien, die Wörter in den Schüleraufsätzen, die von mir begangenen Fehler und Sünden, die Tulpenzwiebeln; sie besaß einen Schrittzähler, einen Blutdruckmesser, einen Höhenmesser, listete auf, wie viele Bücher sie innerhalb eines Jahres gelesen hatte, wie lang sie nicht geraucht hatte und schließlich, wie viele Jahre, Monate und Tage wir verheiratet waren. Die Zahlen strukturierten unser Leben als ein übersichtliches Diagramm, zeichneten Fort- und Rückschritte, erlaubten Vergleiche von Preisen und Verdiensten. Ich aber neigte immer mehr dazu, Gegenstände, Menschen, Ereignisse aneinanderzurücken und zu vermischen, indem ich Grenzen aufhob, Ähnlichkeiten zwischen Gegebenheiten herausfand, die bald zur siamesischen

Einheit heranwuchsen, und so bringt man, ich gebe es zu, einiges durcheinander. Ich war zwar guter Absicht, jedoch, sagte Viola nicht zu Unrecht, sei der Weg zur Hölle mit guten Absichten gepflastert. Ihre Vorliebe für pointierte Äußerungen war auf fix und fertige Redewendungen und Sprichworte zusammengeschrumpft (sie hatte eine Schwäche für die moralischsten wie »Begabung verpflichtet« und »Außen hui und innen pfui« und verabschiedete sich von mir mit »Besser ein Ende mit Schrecken als ein Schrecken ohne Ende«). Diese Phrasen lieferten ihr das Geländer, das man bei steilen Treppen braucht, um sicheren Schrittes aufzusteigen. Das Leben mit mir sei ein ewiges, andauerndes Hinabsteigen in diesige Tiefen, hatte sie am Ende geklagt.

Mit seinem guten und weit ausufernden Deutsch überraschte uns Omar, der Reiseführer mit der rollenden tiefen Stimme, die sich bald als angenehm einschläfernd erwies, sodass er uns in die Lage der Kinder versetzen konnte, denen der Vater ein langes Einschlafmärchen erzählt. Er erklärte uns auch die Benutzung der Klos, und allein die vollbusige Blondine gluckste, als wir erfuhren, dass man sich den Po mit der winzigen Dusche reinigen solle, die neben der Schüssel hing, sie sei dafür bestimmt und nicht das Papier, es sei nur eine Schmiererei mit dem Papier. Bald kamen wir im Hotel an, erhielten unseren Willkommenstrunk und die Zimmerschlüssel, und alle konnten sich über das Abendbuffet hermachen, wobei ich mich über so viel Appetit bei älteren Leuten wunderte.

Kurz vor dem Hotel habe ich im Fernlicht des Busses Johanna am Straßenrand gesehen, die traurig-ironisch lächelnd mit einem Taschentuch in die Nacht hinein winkte. Hier winken alle Kinder und Jugendlichen, würde ich später feststellen. Sobald ein Bus vorbeifährt, wird auf der Straße gewunken. Früher als Kind hatte ich das auch gemacht.

In der Nacht unternahm ich eine Wanderung mit Schülern, die ich alle nach und nach verlor, ich irrte im Wald herum und wollte sie rufen, aber ich konnte mich nicht mehr an ihre Namen erinnern. Außerdem war meine Stimme so schwach, dass sie nicht bis zum nächsten Baum reichte.

3

Ich verschlief und kam verspätet zum Frühstück und musste mich neben die glucksende Blondine setzen, deren Blicke mich schon gestern im Wartebereich vor dem Gate gestört hatten. Sie hatte mich unablässig angeschaut, sodass ich den Platz wechselte, um nicht mehr in ihrem Blickfeld zu sitzen. Ihre blauen Augen im straff gelifteten Gesicht strahlten die Unschuld mancher Reichen aus, deren Leben an Relief verlor, wie eine im Jet überquerte Landschaft. Sie suchen noch naiv nach eigenen Spuren, begeben sich zu fernen Wüsten und versuchen, den verrinnenden Sand der Zeit in ihrer Privatsanduhr neu zu sammeln. Der knallrote Lippenstift der Dame strahlte in meine Richtung, und sie fragte ungeschminkt, wieso ich zu dieser Jahreszeit die Reise mitmachte, sicher sei ich noch nicht pensioniert, oder etwa doch? Ich bin arbeitslos, antwortete ich, und es klang leicht provokant. Arbeitslos, wiederholte sie, und diese Wiederholung potenzierte meine Ungnade. Na ja, sagte ich, mit einer kleinen lockeren Grimasse, nicht ganz ohne die Hoffnung, das Problem zu bagatellisieren, na ja. Es fiel mir nichts mehr ein. Ach, sagte sie, dann haben Sie ja viel Zeit zu reisen. Vorläufig, sagte ich und holte mir ein Brötchen.

Vorläufig? Ich hatte den ganzen Sommer gebraucht, um meine Lage wirklich zu realisieren, erst dann streckte ich den Kopf aus der Lethargie, und meine Situation war mir endlich klar: Von einem gewissen Punkt an gibt es keine Rückkehr, dieser Punkt ist zu erreichen. Dieser Satz, der mit einer Binsenweisheit beginnt und mit einer rätselhaften Empfehlung endet, ist nicht von mir, sondern von Kafka. Ich habe alles immer zu spät begriffen, alles zu spät analysiert, auch das längst Nachvollzogene. Ich beneide manche meiner Bekannten um ihre Schlagfertigkeit, gehöre aber zu den Menschen, denen erst nach einer Diskussion mit Freunden und nach dem Schließen der Tür die geistreiche Replik einfällt. Als ich zu meinem Platz zurückkehrte, flimmerte die nicht gestellte Frage der Blonden in der Luft: Wie kann er sich diese Reise leisten?, las ich in den Augen der strengen Dame mir gegenüber, deren Butterbrot auf dem Weg zum Mund eine Sekunde anhielt. Beide Frauen waren aber wohlerzogen, und auch die Blondine schloss den Mund über einem Croissant mit Erdbeermarmelade. Mir entging aber nicht ihr Seitenblick. Ich trank meinen Tee und besann mich, dass Menschen, die einem Fragen stellen, es oftmals in der Hoffnung auf eine Rückfrage tun. Ich startete die Offensive: Und Sie, was machen Sie so im Leben? Ihr Lächeln entblößte ein einwandfreies Gebiss. Ich habe nie gearbeitet, es sei denn, die Erziehung eines Kindes zählt als Arbeit. Mein Mann konnte, Gott sei Dank, für uns sorgen, er mochte Abenteuerreisen, flog sooft er konnte, und – sie neigte sich mir zu und ihre Stimme senkte sich – er ist von der letzten Reise nicht zurückgekommen. Ach Gott, sagte ich, erleichtert, von verwickelten Lügen oder komplizierten Halbwahrheiten meinerseits entbunden zu werden. Es war vor einem Jahr, fuhr die Dame fort. Und wohin hatte ihn diese letzte Reise geführt? Ich bekam noch eine Ansichtskarte aus Akaba, flüsterte sie. Danach gab es kein Lebenszeichen mehr, keine Spur, nichts, er ist einfach verschwunden. Ach, und jetzt wollen Sie …? Sie wolle nur die Orte sehen, die er vor seinem Verschwinden besichtigt habe. Allein habe sie sich nicht getraut. Sie sei hier in Begleitung ihrer Schwester Nelly, die sie zu dieser Reise überredet habe. Nelly meine, das werde ihr helfen, die Trauer zu bewältigen. Sie wies mit ihrer Gabel auf die würdevolle Frau mir gegenüber: Das ist meine Schwester Nelly. Nelly nickte kurz, etwas verkrampft, eine gepflegte Erscheinung, ungefärbtes graues Haar, um den Hals einen Hermès-Schal mit Ankern und Seilknoten. Sie quittierte diesen Austausch mit einem genervten Seufzer: Komm, Monique, wir müssen uns fertig machen. Sie stand auf und ging. Wahrscheinlich hatte sie die Geschichte des verschollenen Ehemanns zu oft gehört. Monique aber blieb sitzen und ich traute mich nach solchen vertraulichen Mitteilungen selbst nicht aufzustehen. Ihre Plauderlust und meine Lethargie banden mich wie Vogelleim fest. Sie erzählte noch von der Reiseleidenschaft ihres Mannes, von dessen Sehnsucht nach weiten Horizonten, Aachen, die Eifel, Deutschland, Europa seien ihm zu eng gewesen. Sie selbst sei lieber mit ihrem Sohn zurückgeblieben, sie habe seine Neugier auf die Welt verstanden, sie reiste aber in den Ferien mit dem Jungen lieber zu ihrem Ferienhaus in Italien. Und dort …

Die Reisebegleiterin Sabrina bat um Beeilung, der Bus sei schon da, man warte auf uns. Wir hetzten ins Zimmer, Zähne putzen, Portemonnaie in die Tasche und, hopp hopp, stiegen wir als Letzte in den Bus ein, Monique verschmitzt lächelnd; vielleicht freute sie sich über die Komplizenschaft der Verspäteten. Wie oft habe ich bei Schülern erlebt, dass sich zu zweit zu verspäten einem den Mut gibt, den Rüffeln des Lehrers zu trotzen. Monique setzte sich schnell zu ihrer Schwester Nelly, ich hörte, wie sie Monique schalt, wo sie denn geblieben sei, alle hätten warten müssen und sie habe sich Sorge gemacht. Ich setzte mich wieder allein hinten ans Fenster. Zwei Polizisten waren mit eingestiegen, zur Sicherheit, sagte Omar, hier sei alles sicher, aber im Fall einer Panne, eines kleinen Unfalls könnten sie uns unterstützen, Hilfe käme dann schneller. Jeder hatte instinktiv den Platz vom Vorabend eingenommen, wie ich auch an den zwei alten Herren vor mir feststellte. Ich freute mich, nicht mehr schwätzen zu müssen. Omar zuhören, die Landschaft betrachten, träumen. Salam aleikum, Ahlan wa Sahlan, begrüßte uns Omar und gratulierte, dass wir uns für diese faszinierende Reise entschieden hatten. Eine faszinierende, unvergessliche, fantastische Reise. Es fiel mir bald auf, dass er fleißig eine Trilogie der Adjektive betrieb, auch die Verben und Nomen tanzten in seinen Sätzen im Walzerrhythmus. Ich habe früher Sprecher bewundert, die mithilfe stilistischer Mittelchen die Zeit der Zuhörer beanspruchten, ich tat Letzteres nur als Lehrer, musste es tun, bin aber schon immer ein spröder Mensch gewesen, auch vor der Klasse ein Freund der Ellipse, der das Gesagte minimalisiert, als gelte es, »Speichel in Reserve zu haben«, warf mir meine Frau zuletzt vor, »um besser das Leben zu bespucken«. Viola übertrieb. Ich habe noch nie das Leben bespuckt, nichts und niemanden. Wir werden, sagte Omar, Um Qeis besichtigen, in antiker Zeit Gadara genannt, im ersten Jahrhundert nach Christi eine Stadt der Kultur. Monique hatte sich erhoben, vielleicht wegen der Schelte ihrer Schwester beleidigt, und – dieser Tag fing nicht gut an – setzte sich neben mich. Sie erlauben, sagte sie nur als Feststellung. Sicher haben Sie schon von Theodorus von Gadara gehört, redete Omar weiter, ein schöner Name, flüsterte die Blondine. Und Omar: Theodorus, der einer der wichtigsten Rhetoriker seiner Zeit war, hat in Gadara gelebt und dort eine Rhetorikschule gegründet. Ich habe noch nie von diesem Theodorus gehört, sagte meine Sitznachbarin. Wozu ist eine Rhetorikschule gut? Und Omar: Zwei Theater zeugen noch von der Blütezeit der Stadt, Erdbeben trotzende Monumente. Was ist eigentlich Rhetorik?, fragte mich Monique, ist das, wie man Recht bekommen kann?

Ob sie in mir den Lehrer gewittert hatte? Ob sie auf mich zählte, um Omars Erklärungen zu deuten und zu ergänzen? Ich schwieg und spitzte sichtbar die Ohren in Omars Richtung, der uns Gadara als eine der zehn Städte der Dekapolis erklärte.

Was ist Rhetorik? Meine blonde Sitznachbarin wollte es genau wissen, oder auch nicht, aber sie gierte nach einer Antwort und streckte ihr bittendes Kinn zu mir hin, eine fleißige Schülerin, die vom Meister instruiert werden möchte, und der Meister dürfe sie, bitte sehr, nicht enttäuschen. Die Kunst der Beredsamkeit, brummte ich trocken wie ein Duden und drehte mich wieder zum Fenster hin. Hm, Beredsamkeit, wiederholte sie. Und schien tief nachzudenken. Beredsam sind Sie nicht gerade, blökte sie, ich bin eher von der geschwätzigen Art.

Dort, liebe Gäste, raunte Omar, werden Sie die Sicht auf das Jordantal genießen, bewundern, bestaunen, und, sollte die Luft so klar bleiben, werden Sie den See Genezareth erblicken können. Ist das der See, auf dem Jesus lief, fragte die Blondine, ich bin nicht bibelfest. Ich auch nicht, log ich. Omar war schon beim Thema Jordangraben, eine Fortsetzung, erfuhren wir, des Großen Afrikanischen Grabenbruchs. Ich hatte mich nie besonders für die Bewegungen der Erdplatten interessiert, bin kein Experte in irgendetwas. Ich hatte es mit Wein probiert und ein »weinbetontes Wochenende« am Rhein besucht. Das Gerede über Weinsensorik und Weinansprache, ganz zu schweigen von der Mimik um ein Glas herum, ödete mich schon am ersten Tag an. Ich mag kein kultisches Gehabe. Meine Liebe galt, gilt der Literatur, der Antike und der Linguistik, aber sogar auf diesen Gebieten würde ich mich nicht als Koryphäe bezeichnen. Ich kannte eine Englischprofessorin, die Spezialistin für Philip Roth wurde. Roths Bücher hätten ihr Leben und ihr Verhältnis zur Sexualität radikal verändert, ein großartiges Universum, das sie allerdings selbst erschöpfte, weil sie ihre Leidenschaft schlecht mit Studenten teilen konnte, ohne persönlich zu werden. Mein Leben wurde unabsichtlich von einer literarischen Miniatur radikal umgemünzt, oder vielmehr von deren Kommentatorin.

Deka heißt zehn, nicht wahr?, fragte meine Nachbarin. Bravo, antwortete ich. Sie schien die Ironie meines Zuspruchs nicht begriffen zu haben. Wie bei dekadent, fügte sie hinzu, und ich biss mir auf die Lippe. Eher wie bei Dekameter, schlug ich vor und drehte den Kopf weg, um der Landschaft zuzulächeln.

Später, sagte Omar, werden wir die Wüste sehen, aber jetzt noch nicht. Was Sie rechts und links sehen, ist keine Wüste, nein, liebe Gäste, es ist nur bepflanzbare, fruchtbare, warme Erde. Im Lauf der Jahrhunderte sind hier die Bäume gerodet worden, um Häuser und Schiffe zu bauen. Ach, liebe Gäste, wenn es nur regnen könnte! Eine Nacht, einen Tag, das wäre schon fantastisch. Wir brauchen dringend Regen, Regen, Regen.

Ich heiße Monique Simons, sagte Monique. Monique wie Monika aber eben mit i-q-u-e am Ende, ich hätte es lieber mit k, meine Mutter stammte aber aus der Wallonie. Mein Mann war ein Deutscher aus Aachen. Er hieß Eberhard Simons, er leitete eine Regenschirmfabrik in Aachen. Vielleicht ist er noch am Leben, aber wo? Es gab 2008 einen Terroranschlag in Amman. Ob er unter den Opfern war und nicht identifiziert wurde? Ich schaute heuchlerisch betroffen und verlegen. Es tut mir sehr leid für Sie, sagte ich. Schande dem, dem es schnuppe ist, ob Eberhard Simons von seinem Kamel verlassen wurde, den Schakalen als Futter diente oder von einem Terroristen, von einer Bombe oder nur von der mörderischen Sonne erledigt wurde. Ich sah ihn vor mir, wie er verdurstete, seinen schützenden Arafatschal von sich riss; gerade in dem Augenblick, als die Sonne alle Gedanken zu heißem Brei machte, lag er im Sand und da kroch eine Sandviper und verkürzte die Sonnenagonie des Mannes. Das ist nett von Ihnen, sagte Monique Simons.

Monique Simons würde sich wie eine Klette an mich heften, mir diese Reise mit ihrem Geschwätz verderben. Ich war verdammt noch mal hier, um auf andere Gedanken zu kommen, wollte mir das Basalttheater von Gadara und die angebliche Taufstelle von Jesus Christus ansehen, Petra, die Königsstadt der Nabatäer, die Wüste im Wadi Rum, wollte die Geschichte des Königreichs Jordanien, die Traditionen der Haschemiten, die Geschichte der Kreuzzüge hören, nicht die Story von Monique und Eberhard Simons. Ich wollte mich ablenken, ablenken, ablenken. Nach einer unendlich langen Fahrt hielten wir auf einem riesigen Parkplatz an. Ich sprang als Erster raus und heftete mich an Omars Fersen, während Nelly sich wieder ihrer Schwester annahm. Nellys Blick war zornig.

Als wir das Jordantal bestaunten und den See Genezareth als dunkleren Fleck im Nebel wahrnahmen, versuchte ich, ein Gespräch mit einer der anderen alleinstehenden Frauen anzubahnen, einer älteren Brünetten, einer Sofia, wenn ich mich nicht verhört hatte, die jeden Stein und jeden Halm fotografierte und mit einem spöttischen Lächeln auf den Auslöser ihres Apparats drückte. Ich verstand nicht recht, was dieses Lächeln zu bedeuten hatte, so sprach ich sie an, vielleicht auch nur, damit Monique Simons sich einbilden konnte, dass ich an einem anderen Typ Frau interessiert war. Sie lächeln?, fragte ich, da ich nicht wusste, was ich sonst fragen konnte. Die Leute glauben immer, dass ich lächle, antwortete sie, aber in Wirklichkeit halte ich immer den Mund ein bisschen offen, vor allem, wenn ich gegen die Sonne schaue, dies gibt mir ein lächelndes Gesicht, der Schein trügt. Wissen Sie vielleicht, fragte sie zurück, warum die Moslems das Fotografieren von Menschen verbieten? Sie meinen, Bilder könnten einem die Seele rauben, gab ich mein Wissen preis, so etwas in der Art. Ja, und Porträts zu machen ist für strenge Moslems eine Art, Menschen zu erschaffen, also irgendwie Gott nachzuäffen. Hm … sagte Sofia, interessant, und sie drehte sich mit der Kamera zu mir hin. Ich, sagte Sofia – und ich erblickte bloß ihr Kinn unterhalb des Apparats –, fühle mich auch vor der Kamera unwohl, es gelingt mir nicht, natürlich zu bleiben, aber ich selbst kann es nicht lassen, andere zu fotografieren, vor allem die Kinder. Kommen Sie! Nicht so ernst! Übrigens, sind Sie Lehrer? Sie klickte auf den Knopf und ich bemühte mich zu spät um ein Lächeln. Schauen Sie mal: Sie zeigte mir den Monitor und ich sah Monique hinter mir auf dem Bild. Sie knabberte an ihren Nägeln. Lehrer? Hm, ja, errötete ich, Lehrer, früher mal.

4

Das schönste Bild von Johanna ist nur in mir festgehalten. Unsere Schule befand sich am Ende der Stadt, und direkt hinter dem Pausenhof erstreckte sich der Wald. Ich hatte immer dienstags Aufsicht und warf ein wachsames Auge auf rauchende Schüler und Pärchen, die sich zu weit entfernten. Wir hatten Februar. Es schneite. Ich erblickte Johanna, die einsam im hintersten Winkel des Hofes den auf die Bäume fallenden Schnee zu beobachten schien. Ihr dunkelblondes Haar glänzte vor Feuchtigkeit, sie hob das Gesicht zu den Flocken hin, nicht wie ein Mädchen, das es darauf anlegt, ihr Entzücken mitzuteilen und in diesem euphorischen Zustand beobachtet zu werden. Sie gehörte nicht zu dieser Art von Pubertierenden, die die Aufmerksamkeit auf sich lenken, indem sie poetische Posen einnehmen und sich in ihrer lyrischen Begeisterung wie kleine Fotomodels darbieten. Vielleicht aber bewegte sie sich vor dem unsichtbaren Spiegel ihrer Fantasie und begrüßte darin ihre Silhouette im dunklen Mantel. In ihren weit geöffneten Augen spiegelten sich eine Sanftheit und ein Frieden, die mich verwirrten und weit weg aus dem Schulalltag entführten. Dann streckte sie die Zunge heraus, auf die eine Flocke fiel, die schrille Pausenglocke zerriss die Ruhe, und Johanna sah mich. Sie ging sehr nah an mir vorbei, aber ohne mich anzusprechen, und ich selbst blieb auch stumm. Wir hatten gleich zusammen Unterricht.

Alles, wie ich schon sagte, hatte mit *Der Aufbruch* von Kafka angefangen. Ich hatte die Texte verteilt, selbst vorgelesen, ein zweites Mal von einer Schülerin lesen lassen, dann den Kurs in verschiedene Gruppen eingeteilt. Innerhalb jeder Gruppe sollten sich die Schüler an einer perspektivisch begrenzten Interpretation der Geschichte versuchen: Biblisch-christlich, marxistisch, symbolisch, psychologisch, biografisch, jede Gruppe konnte sich ihre

Perspektive aussuchen. Meine Schüler kannten Kafkas Biografie; sie hatten schon mit anderen Geschichten dieser Art geübt und die meisten taten es gern, nicht nur weil die Gruppenarbeit den Schläfrigen und Zerstreuten zu ruhen erlaubte, sondern auch, weil es dabei bloß um das Einpassen der Textinhalte in ein bestimmtes Raster ging. Viele Schüler, die nicht gern frei interpretierten, konnten sich damit gute Noten sichern. Und ich dachte, man könne damit den Blick von jungen Menschen für eine tolerante Vielfalt des Denkens schärfen. Die Schüler berieten sich, ich ging auf und ab und registrierte einen ironischen Blick von Johanna. Was ist?, fragte ich sie, die ich sonst selten fragte, um sie nicht zu stören. Sie sprach leise, aber entschieden: Wer sagt mir, dass diese Minigeschichte für Kafka selbst so wichtig war, dass man sich so viele Gedanken darüber machen muss? Er wollte seine Werke wegwerfen, haben Sie uns erzählt, und sein Freund Max Brod hat ihn im Grunde verraten, indem er die Geschichten doch veröffentlicht hat. Vielleicht hat Kafka *Der Aufbruch* in fünf Minuten herausgespuckt, aus einer Laune heraus, und maß dem Text keine Wichtigkeit bei. Was meinen Sie damit?, fragte ich und dachte, mein Drucker hatte die Geschichte in der Tat in weniger als fünf Sekunden aus dem Internet gespuckt und ich hatte mir den Text nicht ernsthaft angesehen. Johanna zögerte kurz, bevor sie weitersprach. Der ganze Kurs spitzte die Ohren, denn Johanna äußerte sich selten und nie freiwillig im Unterricht. Sie beobachtete einen die ganze Stunde (ich konnte stets ihren Blick spüren), hörte zu (oder vermittelte den Eindruck), störte nie, gab selten eine kontroverse Meinung kund. Aber, fuhr sie fort, auch wenn Kafka selbst diese Geschichte gut und wichtig fand, konnte er sich auch überschätzen, das tun ja viele, ist die Geschichte denn nur gut, weil sie von Kafka stammt? Ist sie überhaupt gut? Und ich: Worauf wollen Sie hinaus? Johannas Stimme wurde lauter und auf ihrer Stirn zeichneten sich zwei ganz feine Denkfalten ab: Angenommen, Sie hätten sie in einem Jahreskalender oder als anonymen Text in irgendeiner arabischen Sammlung oder als Parabel aus dem Orient entdeckt, Autor unbekannt, würden Sie sie mit uns so ausführlich besprechen wollen? Und, da ich sie immer noch nicht unterbrach: Wissen Sie, was mich nervt, Herr Jansen? Dass wir diese Geschichte unbedingt gut finden müssen. Haben Sie sich gar nicht gefragt, ob sie vielleicht doch total uninteressant ist, irgendeine Spinnerei eines müden Kopfes?

Ich erinnere mich, dass sie leicht zitterte und noch blasser aussah als sonst, während ich dafür errötete, und dass dieses Erröten vorerst meine einzige Antwort auf ihr Erblassen war. Alle hatten ihre Stifte beiseitegelegt und hörten gespannt zu. Johanna ließ ihre Finger nacheinander knacken, als wollte sie die Luft im Raum platzen lassen. Sie hatte die Augen niedergeschlagen und biss sich auf die Lippe, dann hob sie brüsk den Kopf und ihr Blick traf betrübt den meinen, fast um Gnade flehend, oder auch mitleidvoll mir gegenüber, wenn ich ihr Blinzeln so deuten durfte. Vielleicht erschrak sie nur über den eigenen Mut. Schon erhoben sich Stimmen, die ihr recht gaben, Faulenzer und Frechdachse, die eine Gelegenheit witterten, den Rest der Stunde mit einer fruchtlosen Diskussion zu vergeuden. Ich musste schnell reagieren, bevor der ganze Kurs in Aufruhr kam, in meinem Kopf aber entstand ein Knoten unentwirrbarer Gedanken. Ich strich mir mit drei Fingern über die Stirn und starrte auf die Gemälde des Malkurses, die die Wände der Klasse schmückten, schöne Unterwasserlandschaften, in denen ich vergeblich Johannas Werk suchte. Sie hatte sich für den Musikkurs entschieden. Ich atmete tief aus, räusperte mich, ach, sagte ich endlich, Sie zweifeln, Johanna, gut so, das ist gut so, man ist ja nie kritisch genug. Und sicher haben Sie in einem gewissen Sinn recht: Die Tatsache, dass diese Geschichte zu Kafkas Werk gehört, macht sie für uns selbstredend wichtig, aber jeder Kritiker unter uns, der den Text unbedeutend oder schlecht findet, darf es offen sagen, er oder sie muss allerdings seine Meinung belegen. Die Ironie mit der ich »allerdings« aussprach, kam mir sofort widerlich vor. Selbstverständlich, fuhr ich fort, kann jeder seine eigene, auch subjektive Interpretation liefern, wenn Sie also der Meinung sind, die Geschichte ist es nicht wert, sich mit ihr zu beschäftigen, ist das Ihr gutes Recht, aber erklären Sie mir bitte auch, warum. Habe ich denn behauptet, dass die Geschichte schlecht ist?, fragte Johanna mit einem leicht aggressiven Unterton, ich finde nur, dass man sich vorerst diese Frage stellen müsste, bevor man daran arbeitet. Was macht den Wert einer Geschichte aus? Bestimmt nicht nur, dass sie von Kafka ist. Und nicht nur, weil diese Aufgaben dem Lehrplan entsprechen, müssen wir … Johanna, sagte ich strenger, ich verstehe, was Sie meinen. Nun, wir können nicht ständig den ganzen Lehrplan infrage stellen, die Autoren und die Texte wurden von einem Gremium ausgewählt, das sie für unterrichtswürdig erklärt hat, sagte ich und schämte mich für diese blöde Erklärung, schließlich war die Parabel nicht von einem Gremium ausgewählt worden, sondern von mir und auf die Schnelle. Man kann, Johanna, nicht alles infrage stellen. Aber gut, Sie können gern Kafkas Parabeln selbst durchblättern und mir weitere Textvorschläge machen, die Ihnen auf Anhieb wirklich lesewürdig erscheinen. Sie verstehen nicht, was ich meine, sagte Johanna, ich meine nur, wir müssten selbst herausfinden, ob diese Geschichte gut ist oder nicht, die Aufgaben, die Sie uns geben, setzen dieses Werturteil voraus, im Grunde alle Aufgaben, die alle Deutschlehrer uns jemals gegeben haben, erheben für sich den Anspruch, dass der Text es wert ist, diese Aufgaben zu machen. Ich denke, antwortete ich, dass ein Text interessant ist, wenn er verschiedene Interpretationen zulässt, wenn er verschiedene semantische Niveaus erkennen lässt. Aber gut, beschäftigen wir uns vorerst mal anders mit *Der Aufbruch* und Sie werden bestimmt vom Reichtum dieses Textes überzeugt sein.

Ich hatte mich bemüht, in meinem Ton Sympathie und Autorität sorgsam auszubalancieren, aber alles, was ich da erklärte, schien mir ärmlich und unbefriedigend. Im Grunde genommen hatte ich klein beigegeben. Johanna durchschaute meine Unsicherheit, sie warf mir einen fast mitleidigen Blick zu. Ich räusperte mich: Aus *Der Aufbruch* kann man sehr viel holen, glauben

Sie mir, der Text ist nicht nur gut geschrieben, sondern auch von einer reichen Symbolik. Ich schlage vor, in kleinen Schritten vorzugehen. Nehmen Sie einfach einen sinnvollen Terminus heraus, den Begriff, der Sie am meisten interessiert, und schreiben Sie, was Ihnen dazu einfällt, einfach so, auch ohne Bezug zu Kafka. »Das Tor«, »der Stall«, »die Trompete«, »der Diener«, das »Weg-von-hier«. Ich benote Ihre Texte nicht. Wir schauen dann in der nächsten Stunde zusammen, was alles herausgekommen ist und was man damit anfangen kann. Es wird uns helfen, den Text zu analysieren.

Meine Stimme klang sicher und versöhnlich, fast heiter.

Johanna nickte. Ich saß jetzt am Schreibtisch und blies mir in die Hände. Sie waren eiskalt. Schwefelartig waberte das Anzweifeln meines Unterrichts und aller Aufgaben der Textinterpretation im Raum, ich spürte das Züngeln glühender Vorwürfe im Mund einiger Schüler, die irgendetwas über Johanna oder mich oder Kafka murmelten, aber der Vorschlag wurde angenommen. Ich lenkte den Blick von Johanna weg, die mit dem Stift in der Hand still vor sich hinsah. Ich glaube, weder sie noch ich konnten damals artikulieren, was wirklich passiert war. Erst später verstand ich, dass sie nicht nur Kafkas Talent infrage stellte (morgen wahrscheinlich Goethes Genie oder Brechts Aufrichtigkeit), nicht nur meine Unterrichtsmethoden, sondern meine, unsere lehrerhafte Art, die Welt der Gedanken so darzustellen, als hätten junge Leute in unserem Wertsystem noch irgendeine Entscheidungsmöglichkeit, als wären nicht alle Werte schon seit biblischen Zeiten von uns überdefiniert. Wir gaukelten stets eine Gedankenfreiheit vor, aber das Leben, das wir ihnen anboten, blieb nur eine unkreative Art der Anpassung. Wie viele Schüler vor ihr stellte Johanna unsere Glaubwürdigkeit infrage, aber ihre Rebellion ging tiefer, das würde ich einige Wochen später noch erfahren. Jetzt hatten sich die Schüler an die Arbeit gemacht. Ich beobachtete Johanna so unauffällig wie möglich. Sie schrieb, schnell, mit ganz kurzen Denkpausen, in denen sie an ihrer Oberlippe kaute, ein Wort strich und ersetzte. Ich sah sie an und spürte, dass sie es fühlte, und trotz meiner Verlegenheit hätte ich ihr sagen wollen, dass ich sie ernst nahm, dass sie für mich mehr war als die millionste Rebellin der Schule. Noch vor dem Ende der Doppelstunde übergab sie mir ihr Blatt und sah mich dabei an, ihr grauer Blick voller Fragen, Bitten, oder vielleicht nur provokant. Ich wäre ihr am liebsten nachgelaufen, um sie zu fragen, was ist das für ein Blick? Was soll ich darin lesen? Wie soll ich ihn interpretieren? Nach und nach legten auch die anderen Schüler ihre Arbeiten mit einem Erleichterungsseufzer auf meinen Tisch und gingen mit einem »Tschüss, Herr Jansen, bis Morgen!« hinaus. Allein in der Klasse las ich sofort Johannas feine Schrift.

Das Tor

Wir gehen, fahren, reiten, gleiten, schlüpfen ständig durch reale und abstrakte Tore. Ich denke vorerst an die konkreten Tore der Stadt, früher von Soldaten bewacht, die Einwohner vor Eindringlingen schützten, und ich denke an die glorreichen Tore der Geschichte, das Brandenburger Tor als Symbol des Sieges, an den Triumphbogen. Neulich las ich in der Zeitung, dass eine neue Brücke auf der A4 »Tor zu Aachen« getauft wurde, eine Metapher, die unserer Stadt mehr Wichtigkeit verleihen soll. Ein Tor ist eine Öffnung in einer Grenze, ist ein Ein- und Ausgang, eine Ein- und Ausfahrt. Bei Kafka sehe ich schon eine rötliche Landschaft (Rot und Ort als Anagramme von Tor), eine Wüste, in der sich ein Pferd mit seinem Reiter entfernt – wie in einem Western.

Es kann ein Ort der Hoffnung und der Verzweiflung sein. Was passiert, wenn die Tore für den Verkehr der Menschen versperrt bleiben, wie in Gaza? Je nachdem auf welcher Seite des Tores man sich befindet, ändert das Tor seine Bedeutung. Gefängnisse, Anstalten. Je nach Gehrichtung führt ein Tor zur Freiheit oder zum Eingesperrtsein. Ein Tor schützt, vereint oder trennt. Alles eine Schlüsselfrage.

Ich denke aber auch an die größten und kleinsten Tore der Welt. Ich meine die ganze Kruste der Erde, die sich bei Vulkanausbrüchen gewaltig öffnet, das runde geschlossene Tor des Eis, aus dem das Küken schlüpft, die Drehtür der Nacht zwischen gestern und heute, eine Passage zwischen zwei Zeiten oder zwei Zuständen, ein Symbol jeder Veränderung. Es kann ein Symbol der Versuchung sein, denn ein Tor ist eine Einladung zu erweiterten, vielleicht verbotenen Horizonten ... Das Kind, das zur Welt kommt, geht auch durch ein Tor und kommt blutig zur Welt.

Es gibt ein Tor der Träume und der Albträume, ein Tor zum inneren Leben. Der Mensch mit seinem wandelnden Gemüt besteht selbst aus einer Folge von biologischen und seelischen Räumen: So sehe ich das Tor bei Kafka als Symbol einer unaufhörlichen Veränderung, die man stets, als immerwährende Geburt, durchmachen muss.

Wer öffnet mir das Tor seines Herzens? Wem öffne ich das Tor meines Körpers?

Das Tor ist auch ein religiöses Symbol. Ohne Tor kein Eintritt ins Reich der Götter. Keine Auferstehung. Das Alte Testament, aber auch Texte aus anderen Religionen sind voll von Türen und Toren, die dem Menschen nur unter bestimmten Bedingungen geöffnet werden. Aber das wichtigste Tor ist das Tor des Rauswurfs von Adam und Eva. Als Gott das naive Paar aus dem Paradies hinausschmiss, wurden sie ausgesperrt, ausgeschlossen. E und A hatten am Apfel des Wissens geknabbert. Ich sehe darin die heldenhafte Rebellion der Aufsässigen gegen einen Diktator, der seine Leute in Unwissenheit und Blödheit belassen möchte (und natürlich ist die Sünderin in der Machowelt der Bibel eine dumme Frau, aber Adam bleibt auf Ewigkeit der beeinflussbare Schlappschwanz, der nie selbst eine Initiative ergreifen kann). Meiner Meinung nach war die Bestrafung der beiden für die Lebensformen der Menschheit und für ihr biologisches Werden prägender als die Sünde an sich, die uns angeblich als Erbsünde ein Leben lang belastet. Wie eine eingebrannte Nummer schrieb sich die – von den Christen erfundene – Bestrafung in die Gene der Menschheit ein, und sie prägte unser psychisches und biologisches Leben und unser archetypisches Denken mit dem Bild des Tores.

Alles ist beim Menschen somit eine Frage des Öffnens und Schlie-

ßens der Tür, die Zeit, die Beziehungen, die Orte, unser Leib, das ganze Leben, alles trägt ein Janusgesicht.

PS: Als Kind spielte ich im Garten Krocket. Dabei geht es darum, eine Holzkugel mit einem Schläger durch einen kleinen Metallbogen zu schlagen. Der Mensch ist gleichzeitig Tor und Kugel, eine Kugel, die durch einen kleinen Metallbogen zum Ziel oder in den Graben rollt.

Bis auf dieses PS (»ein Aufsatz ist kein Brief«, schrieb ich an den Rand), das mich auf zweideutige Art berührte, und die Wörter Hinausschmiss (»ugs«) und Schlappschwanz (»suchen Sie bitte einen feineren Ausdruck«) sowie einige Flüchtigkeitsfehler, fand ich diesen Text, der so schnell geschrieben worden war, hervorragend. Natürlich verwirrten mich die zweideutigen Fragen: »Wer öffnet mir das Tor seines Herzens? Wem öffne ich das Tor meines Körpers?« Ich fand sie gewagt, doch wollte ich in ihnen ein rhetorisches Mittel sehen, Fragen einer Vertreterin der Jugend an die ganze Menschheit, in dem Textzusammenhang durchaus plausibel. Ich las den Aufsatz mehrmals, tippte ihn schließlich fehlerfrei für mich ab, fügte Namen der Autorin und Datum hinzu. Als stolzer Lehrer verspürte ich die Lust, ihn Viola, Ingo und David zu zeigen, ließ es aber lieber. Nicht nur, weil die verwirrenden Fragen des zweiten Abschnitts zu verwirrenden Reaktionen geführt hätten, das spürte ich schon, sondern auch weil man bei diesem Aufsatz, so talentiert er auch war und immerhin eine religiöse Bildung aufwies, einiges bemängeln und tadeln würde. Unsere katholische Schule hatte strenge Prinzipien. Die Bemerkung mit dem Schlappschwanz, die Erwähnung der machohaften Sippe der Bibel, ganz zu schweigen von dem Image Gottes als Diktator könnte sich im Lehrerkollegium herumsprechen und Johanna schaden. Es war unsere Aufgabe, die Schüler nicht nur zur Kreativität, sondern auch zu Fleiß und Respekt zu erziehen, und ich hatte das Gefühl, bei Johanna diese Mission nicht erfüllt zu haben.

5

Wir gingen durch den Triumphbogen von Jerash, des antiken Gadara. Nach dem Besuch des Kaisers Hadrian etwa im Jahr 129 nach Christus, erzählte Omar, erlebte die Stadt einen fantastischen, unglaublichen, sensationellen Bauboom. Sie werden staunen, wie gut die Säulen erhalten sind …

Schaffen es die anderen Reisenden, sich von ihrer Arbeit, ihren Fehlern, ihrer Familie so zu befreien, dass ihr Geist sich unmittelbar für die Geschichte von Jerash öffnen kann, und wenn sie, von einer bunten Touristentruppe mitgeschleppt, durch den Triumphbogen von Jerash schreiten, gelingt es ihnen, ihre eigene Geschichte hinter sich zu lassen, um sich in das Schicksal des Kaisers Hadrian einzufühlen?

Hadrian sei mein römischer Lieblingskaiser, hatte ich einmal behauptet und mit dem unglücklichen Satz einen Ehekrieg heraufbeschworen. Viola und ich gerieten zu dieser Zeit ständig wegen der banalsten Dinge aneinander. Keiner von uns konnte sagen, woran es lag. Es war wie eine schleichende Krankheit gekommen, diese Abneigung gegen die Art des anderen.

Muss man einen römischen Lieblingskaiser haben?, fragte berechtigterweise Viola, alles Mörder und Diktatoren. Nee, müsse man nicht, gab ich zu, Hadrian habe immerhin keine offensiven Feldzüge geführt, nur das Imperium gegen Aufständische verteidigt. Er sei einer der einsichtigsten Herrscher gewesen, ein heller Kopf … Viola würgte vor Entsetzen: Dass er zum Beispiel einen jüdischen Aufstand blutig niederschlug, stört dich nicht? Fünfhunderttausend Juden ermordet, das ist ja eine Lappalie! Sie trug dieses auftrumpfende Grinsen zur Schau, das mich verstörte, und sie schüttelte den Kopf, als unterhielte sie sich mit einem orientierungslosen Deppen. Sie kam gerade mit einem neuen

Haarschnitt vom Friseur, ein grauer Bürstenschnitt, der mir besonders männlich vorkam. Die Soldaten deines Lieblingskaisers schlugen so großzügig zu, zischte sie, dass Palästina anschließend praktisch menschenleer war. Vergiss den Lieblingskaiser, antwortete ich. Palästina ist wieder gut von Israelis bevölkert, und dass sie die Palästinenser aus deren eigenem Land aussperren, ist die aktuelle Lappalie. Welcher Teufel hatte mich geritten? Mit Viola gegen Israels Politik zu reden, glich einer Provokation. Ihre Großeltern waren überzeugte Nazis gewesen, ihr Vater als Kind in der Hitlerjugend. Sie fand eine vernünftige Erklärung für jede Untat Israels, und die vernünftige Erklärung galt als Entschuldigung. Meistens schwieg ich, seufzte und ging, denn meine kluge Frau verstand es, mich mittels pharisäerhafter Ratio und schräg fundierter Beweisführung in die Tasche zu stecken. Sie verlange nur von mir, dass ich rationaler dächte und entsprechend handelte, sagte sie. Meine Lieblingstheorie prallte an ihr ab: Sie hob genervt die Schultern, und meine Worte verflogen. Meine Lieblingstheorie war eigentlich keine, sondern eine empirisch belegte Behauptung: So vernünftige und konsequente Leute wie sie würden von suspekten Gefühlen gesteuert. Die angebliche Ratio sei die korrekte Verkleidung ihrer Ängste und obskuren Leidenschaften, die Tarnung des schlechten Gewissens und des Hasses. Ihr belehrender Ton, ihre sauber vorgelegte Argumentation, dies alles, erklärte ich, verberge eine völlig irrationale Ebene, nein, gar keine Ebene, vielmehr die Gruft der obskuren Gefühle. Du bist ein literarischer Schwachkopf, entgegnete sie. Du fühlst selbst mehr, als du denkst. Also gut, lenkte ich ein, die Sache mit Palästina sei ein Fehler von Hadrian gewesen. Ein Verbrechen, ja. Immerhin verdanke man ihm heute schöne Ruinen, fügte ich lächelnd hinzu und hoffte damit, das Minenfeld zu räumen. Ich verwies auf den Hadrianswall, den wir während eines Urlaubs in Nordengland bewundert hatten. Auf unsere Bitte hatte uns ein Tourist vor den alten Steinen fotografiert. Ich hatte meinen Kopf an Violas Schulter gelehnt und den Duft ihrer Halsmulde eingeatmet, ihre Locken waren auf meine Wange gefallen. Hadrian sei ein Kunstförderer gewesen, fuhr ich leider fort, selbst ein Dichter, eine solche Persönlichkeit könne man sich heute nicht mehr vorstellen. Ob eine Merkel oder ein Sarkozy zwischen zwei G-20-Gipfeln auch dichten, musizieren würden? Na dann, grinste Viola, durfte sich also dein Hadrian alles erlauben, der war ja ein gebildeter Künstler, ach ja, Hitler übrigens auch! Sie lachte boshaft und fuhr fort: Hadrians Beziehung zu Antinoos war wahrscheinlich auch die Tat eines Ästheten, nicht wahr? Heutzutage ginge er als Pädophiler schnurstracks ins Gefängnis und kriegte noch Sicherheitsverwahrung dazu. Ich war so dumm, auf diese Diskussion einzugehen: Hadrian, sagte ich, habe Antinoos zur Liebe der Künste und Wissenschaft erzogen, es sei damals nichts Verwerfliches gewesen, mit einem fünfzehnjährigen Knaben eine Liebesbeziehung zu pflegen, es habe damals eine andere Moral geherrscht, eine andere Sicht der Kindheit und der Jugend, überhaupt ganz andere Maßstäbe, Päderastie sei eine institutionalisierte Form der Liebe gewesen. Ach, kreischte Viola, wenn es institutionalisiert war, dann kann man das nur begrüßen! Erik, bist du noch bei Trost? Also echt, mit dir kann man nicht mehr vernünftig diskutieren ... Ich wusste, dass ich mich bei diesem Thema auf dünnem Eis bewegte und konnte es doch nicht lassen. Tempora mutantur, sagte ich noch, und nos mutantur in illis und imitierte dabei den Kollegen Ingo, einen, mit dem man vernünftig diskutieren konnte. Das Nachahmen von Ingos Tonfall schürte unseren Konflikt. Ich weiß, sagte Viola höhnisch. Eine andere Moral ist in dem Fall absolut keine Moral. Eine andere, stritt ich stur, eine andere! Du wirfst alles in einen absoluten Topf. In der Liebe mit Jugendlichen wurden nur bestimmte Handlungen als pervers empfunden. Du warst ja dabei, quiekte Viola, du bist ja völlig durchgeknallt! Und anstatt in mein Arbeitszimmer zu verschwinden, setzte ich einen drauf: Du willst Hadrian als gewöhnlichen Pädophilen stigmatisieren, so wie wir uns heute einen Pädophilen aus den Schlagzeilen vorstellen, einen perversen Kriminellen, der kleine Kinder schändet und ermordet, damit beweist du nur, dass du nichts relativieren, dich nicht in eine andere Zeit, eine andere Denkweise einfühlen kannst, gerade du, die du stets die Schüler zu Toleranz ermahnst! Was für ein Konformismus, meine arme Viola! Hör auf, sagte sie und klang jetzt mehr bekümmert als wütend, hör auf, du machst alles schlimmer. Warum verteidigst du diesen Kaiser so vehement? Du hast doch nichts mit einem Schüler angefangen, oder? Sie lachte gezwungen, komisch bist du schon geworden in der letzten Zeit. Meine Stimme überschlug sich: Komisch, vielleicht, räumte ich ein, aber nicht homosexuell und noch weniger pädophil. Ich seufzte und schloss die Augen: Darunter zeigte sich das schöne Profil der fast siebzehnjährigen Johanna als Fragezeichen.

Wir standen auf dem ovalen Forum, Omar machte uns auf diese Form aufmerksam, alle bestaunten die riesigen Pflastersteine und die ionischen Säulen, ich aber hatte Omars Ausführungen nicht zugehört. Monique hatte sich wieder zu mir gesellt und drohte mir mit dem Finger: Ach, Herr Jansen, Sie sehen abwesend aus, Sie haben die ganze Zeit geträumt. Haben Sie das mitgekriegt? Die Stadt gehörte auch zur Dekapolis, sie stand auf einer großen Handelsroute und wurde sehr, sehr reich. Man muss aufpassen, Herr Jansen! Sie lachte und zeigte ihr makelloses Gebiss.

Im Bus zählte die Reisebegleiterin wieder die Köpfe, verzählte sich, bat uns, still zu bleiben, zählte noch einmal, den wichtigtuerischen Arm hebend und senkend, als segnete sie uns.

6

Wir fuhren zurück nach Amman. Ich beobachtete, wie Monique mit Nelly stritt und jetzt dem Griff ihrer Schwester wieder entwischte, um sich zu mir zu setzen. Ein trotziges Kind. Meine Schwester erteilt mir nur Befehle, sagte sie, Befehle, Ratschläge, Ermahnungen. Wirklich? Ja, Herr Jansen, können Sie sich so was vorstellen? Monique machte dabei einen kindischen Schmollmund: Ich muss ihr immer gehorchen. Dabei ist sie nur drei Jahre älter, sie benimmt sich so wie in unserer Kindheit, seitdem hat sich nichts verändert. Ich nickte: Wirklich? Ja, wirklich, früher entschied nur sie, was wir spielten; wenn wir Schule spielten, war sie immer die Lehrerin und ich die Schülerin, eine schlechte natürlich, die sie dauernd bestrafen musste. Ich war leider auch im richtigen Leben eine schlechte Schülerin. Die Lehrerin wollte mich auf die Sonderschule schicken. Wirklich? Ja, wirklich. Aber mein Vater hat sich gewehrt. Ich bekam Prügel und Nachhilfe und irgendwie habe ich es geschafft. Sie lachte ein kleines Meckern: Nelly, sagte sie matt, habe die ganze Intelligenz gepachtet, sie habe auch studiert, sie sei in Kunstfragen total bewandert, eine Intellektuelle, sie wolle ihr, Monique, dauernd alles erklären, sie sage, frag, frag, frag mich ruhig, ma petite Monique, aber, Herr Jansen, sie will gar nicht, dass ich was lerne, sie will nur der petite Monique zeigen, dass die große Nelly alles kann. Wirklich? Ich verkniff mir das Lachen und presste meinen Arm, den sie dauernd betatschte, gegen die Brust. Ja, wirklich, aber können Sie vielleicht mal etwas anderes fragen? Gebildet sei Nelly schon, sehr gebildet, manchmal habe auch sie, Monique, so was wie Geistesblitze, aber Blitze hätten es an sich, dass sie schnell verpufften. Leider besitze sie ein Gedächtnis wie ein großmaschiges Sieb. Es sei so, als ob lange Finger die Informationen klauten, bevor sie ihr Hirn erreichten. Die Hand der Schwester, sagte ich. Genau! Herr Jansen, kennen Sie das Sprichwort, wer nicht hören will, muss fühlen? Nur was ich spüre, was ich fühle, ganz tief da drin (sie klopfte sich auf die Brust), nur dies habe ich behalten. Was mir gut tat, was mir weh tat, was mich erschütterte. Ein emotionales Gedächtnis, sagte ich. Genau! Na so was. Ich seufzte, drehte mich zum Fenster und schloss die Augen, aber Moniques klagende Stimme umgarnte mich weiter, die Frau wiederholte sich: Höre sie Nelly sprechen, raten, warnen, belehren, dann sei alles zu spät, sobald diese Stimme in Moniques Ohren eindringe, bilde sich eine Art Hörblockade in ihrem Kopf, und Nellys Worte blieben automatisch ausgesperrt. Eine Blockade, wiederholte sie und lachte. Ein Verteidigungswall, murmelte ich mit geschlossenen Augen in Richtung Fenster. In der Schule, fuhr Monique fort, sei es genauso gewesen, mein Gott, fast ein halbes Jahrhundert. Ich kann mich nicht an einen einzigen netten Lehrer erinnern. Höchstens der Kunstlehrer. Der war vietnamesischer Herkunft und in der zehnten Klasse in mich verliebt. Seine Augen glänzten wie Schwarzkäfer. Wenn er sich über meine Schulter beugte, um meine Zeichnungen anzusehen, bekam ich Gänsehaut, das mochte ich sehr. Ich hätte gern was mit dem Vietnamesen gehabt, aber es ging nicht, er hatte zu große Angst vor seinem Direktor und vor meinen Eltern, er hat mir am Ende des Schuljahrs ein Bild geschenkt, selbst gemalt, ein Stillleben, Blumen. Ich hatte Schmetterlinge im Bauch, Nachtfalter, die mich wach hielten. Aber Schülerin und Lehrer, das ging nicht. Warum lachen Sie? Damals hat man mit solchen Sachen nicht gescherzt. Heutzutage noch viel weniger, sagte ich. Monique schwieg einen Augenblick, nur um mit lauterer Stimme fortzufahren: Alle anderen Lehrer ignorierten mich. Wissen Sie, Herr Jansen, das vergisst man nie, diese Tortur, das Gefühl, man sei die Doofste unter den Doofen. Sie trank gierig kleine Schlucke aus ihrer Wasserflasche, schwieg dann wieder, aber ich konnte spüren, wie sie im Kaffeesatz ihres Gedächtnisses herumstocherte und bald mit einem neuen Fund kommen würde.

Ich wurde den Eindruck nicht los, dass nicht ich, sondern ein Fremder sich die Kindheit von Monique anhören musste. Mein Leben war aus den Fugen geraten; ich war vom Deutsch- und Lateinlehrer einer angesehenen Privatschule zum Touristen und Anvertrauten einer Neurotikerin geworden. Ich war irgendjemand, der mit irgendjemandem irgendwo irgendwelches Zeug schwatzte. Ich schwitzte, meine linke große Zehe zwickte, mein Bauch rumorte, also war ich am Leben, an irgendeinem Leben, das ich mir geborgt hatte. Monique tätschelte mir wieder den Arm, als wollte auch sie sich meiner Gegenwart vergewissern. Sie habe Lehrer und Eltern enttäuscht, flüsterte sie jetzt wie im Beichtstuhl, Nelly habe Geige gespielt, sogar im Sport sei sie die Beste gewesen, im Winterurlaub habe sie lauter Bewunderer auf der Piste gehabt, alle Medaillen, die Kinder damals gewinnen konnten, habe sie gewonnen, beim Slalom schwang sie elegant durch die Tore, stolz wie Oskar. Wenn sie, Monique, sich daran wagte, rempelte sie alle Stangen um. Die Lehrer unserer Grundschule wollten nicht glauben, dass ich ihre kleine Schwester war. Sie sah damals sogar besser aus als ich, lang, schlank, ein feines Gesicht. In der Pubertät habe sie nicht mal einen Pickel gehabt. Ach, sagte ich unvorsichtigerweise, jetzt sehen Sie aber viel besser und mindestens fünfzehn Jahre jünger aus. (Typisch für dich, hörte ich Viola sagen, dieses Mitleiddenken, diese verkehrte Schmeichelei, dein flacher Trost, mein Lieber, völlig entwürdigend für dich wie für dein Gegenüber.) Ach, wissen Sie, Herr Jansen, bevor mein Mann verschwand, hat er mir noch eine tolle kosmetische Operation geschenkt. Halsstraffung, Augenlifting und so weiter. Sehr gelungen, sagte ich, astreine Arbeit. Wirklich? Gefällt es Ihnen wirklich? Nelly sagt, die Operation sei das Abschiedsgeschenk meines Mannes gewesen. Können Sie sich so was vorstellen? Ein neues Gesicht als Abschiedsgeschenk? Und er hätte nichts davon gehabt? So selbstlos war er doch nicht. Also hatte ich dann ein neues Gesicht, aber keinen Mann mehr, und kein neues Hirn, leider. Nun, sagte ich, es gibt viele Formen der Intelligenz. Die praktische, die emotionale, die ästhetische, die soziale, die abstrakte und so weiter. Ich hob meine Hand mit gespreizten Fingern, als könnte sie sich eine davon auswählen. Wissen Sie, sagte Monique, dass Sie mir das vor vielen Jahren schon gesagt haben, ja, das mit den verschiedenen Intelligenzen. Und, da ich sie sprachlos anguckte: Beim Elternsprechtag. Es ging um meinen Sohn, den Christoph, wissen Sie das nicht mehr? Sie waren damals Lehrer in der St.-Theresa-Schule, nicht wahr? Ach. Ich stockte, ja, ich habe da unterrichtet. Ich habe Sie auch bei einer Schüleraufführung erlebt, Herr Jansen. Sie hatten ein Stück mit Christophs Klasse inszeniert. Er hatte in der Theater-AG der Mittelstufe mitgespielt. Er spielte die Rolle eines kleinen Gauners, es war total lustig. Erinnern Sie sich nicht an ihn? Nein? Na ja, es ist lange her. Er hat immer für Sie geschwärmt. Ich schwatze Ihnen zu viel, nicht wahr? Ich langweile Sie. Nein? Wirklich? Wissen Sie was, ich möchte gern mehr über die Schwatzkunst lernen, wissen Sie. Rhetorik? Ja, Rhetorik, mein Traum wäre eine Revanche. Meine Schwester so zu verblüffen, dass sie den Mund vor lauter Staunen nicht mehr zukriegt.

Wirklich?

Ich dachte die ganze Zeit, Sie hätten mich erkannt, sagte Monique.

Jetzt war mir Moniques Anhänglichkeit klar. Ich kaute an einem von Omar geschenkten Plätzchen und versuchte mich an das Stück zu erinnern, in dem Moniques Sohn die Rolle eines Gauners gespielt hatte.

Mein Sohn Christoph, sagte sie, Chris, ist nach der Zehnten abgegangen, es ist schon einige Jahre her. Er hat eine praktische Intelligenz, das ist mir an dem Elternsprechtag durch Sie klar geworden. Er hat eine Schlosserlehre abgeschlossen. Sein Vater war nicht gerade glücklich darüber. Er aber wollte kein Abi machen, immerhin hat die Theater-AG damals meinem Jungen gutgetan. Er spielte echt super.

Langsam stieg ein rundes Gesicht in meiner Erinnerung auf.

Ein Vierzehnjähriger mit kurzem blonden Haar und Zahnspange. Ein bisschen dicklich. Lustig. Freundlich. Ein mit den Schülern gemeinsam geschriebenes Stück. Die meisten Schauspieler wie immer Mädchen, alle größer als Christoph. Eine katastrophale Rechtschreibung. Vierzehn hätte er totsicher fierzän buchstabiert.

Und sind Sie kein Lehrer mehr?

Nein.

Christoph spielt aber noch in der Laienspieltruppe der Feuerwehr.

7

Johanna war eine schweigsame Schülerin und verdarb sich mit ihrer Stummheit ihren Notendurchschnitt. Ich selbst sah nicht ein, dass ein hemmungsloser Plauderer, der die Illusion vermittelte, er habe viel zu sagen (ein zukünftiger Politiker) eine bessere mündliche Note erhalten sollte als eine intelligente Schülerin, deren Ausdruckslust eher dem Schriftlichen galt. Sicher musste die Schule den Mut zum Reden und zur Stellungnahme fördern, aber dieser Auftrag wurde oft missverstanden, und Kinder, die drauflosplapperten, Wichtigtuer, Schwafler und Schwadroneure verbesserten auf diese billige Art ihre durchschnittlichen Noten. Nicht bei mir. Also galt in meinen Kursen die Devise: Lange Rede, kurzer Sinn. Meine Schüler bekamen Minuspunkte, wenn sie ihre Aussagen verwässerten und zu viel leeres Zeug schrieben oder schwatzten. Je nach Laune, Fach und Thema schrieb Johanna ohne Anstrengung mittelmäßige bis sehr gute Noten, ihre Mitarbeit aber schien stets ein Zugeständnis an die schulische Situation zu sein. Sie lachte nicht, saß allein, den Blick zum Fenster gerichtet, und anstatt Notizen kritzelte sie allzu oft Männchen und Notenschlüssel, klagten einige Lehrer. Stellte man ihr aber eine Frage, konnte sie diese immer beantworten. Sie trug die Uniform der Jugendlichen: Jeans und T-Shirt oder Pulli, grau, schwarz, fast immer dunkel. Es stand in den schulinternen Regeln, dass alle mit korrekter Kleidung zu erscheinen hatten, kein freier Bauch, keine rutschenden Hosen bei den Jungen. Kein Lippen- oder Nasenpiercing, keine sichtbaren Tattoos, keine Shorts, auch nicht im Hochsommer. Dennoch hatten die Schülerinnen ihre Tricks: Sie zwangen sich in sehr enge Jeans und versuchten, mit tiefen Dekolletés oder raffinierter Schminke ihre Mitschüler (und Lehrer) zu verführen. Ich glaube, Johanna war in ihrem

Jahrgang das einzige Mädchen, das sich das Haar noch nie koloriert hatte. Die meisten hatten schon in der Zehnten die ganze Palette von L'Oréal ausprobiert. Johannas lässige Pullis, T-Shirts und Jeans sagten nichts anderes aus als »ich habe es nicht nötig« oder »lasst mich in Ruhe«.

Nach Johannas Tor-Text folgten weitere Tage, an denen meine Gedanken beim Einbruch der Dunkelheit um sie schweiften. Meine Schülerin traf ein, wenn sich der Tag und seine Verpflichtungen verabschiedeten. Ich versuchte mich abzulenken, Johannas Silhouette aber tauchte immer wieder auf, sie stand allein im Hinterhof und fing mit der Zunge eine Schneeflocke. Wie jemand, der eine Schneekugel auf dem Schreibtisch umdreht, spielte ich mit dem Bild des Mädchens im weißen Hinterhof. Nun, will man sich krampfhaft von einem unangebrachten Gedanken befreien, wird daraus zwangsläufig eine Obsession. So ließ ich bald auch nachts meine kitschige Glaskugel schneien. Schon immer neigte ich zu Schlaflosigkeit und stummen Selbstgesprächen neben meiner schlafenden Frau. Jetzt sah ich die schreibende Johanna, die PS an ihre Aufsätze anhängte, ich sah ihre schmale Hand auf dem Blatt, den flüchtigen Blickwechsel, wenn sie den Aufsatz abgab, ich sah ihre Schrift, die Buchstaben, die ich tagsüber mit meiner Hand gestreichelt hatte und die nachts meine Seele umringten wie Schlingpflanzen eine kahle Wand. Johannas Bild erschien mir aber entrückt von der Person der Schülerin, die in meiner Klasse saß. Diese Träumerei war auch nicht erotischer Natur, dachte ich. Es war eine reine Vorstellung, die ich der Vision des Mädchens unter dem Schnee verdankte. Das Bild lotste vielmehr eine unerkannte Sehnsucht wie ein Leuchtturm das Schiff im Nebel. Was war aber mit mir passiert, dass ich mir so orientierungslos und verloren vorkam? Ich rief Johannas Erscheinung auf, als wäre sie der Inbegriff von etwas Noblem, ohne das ich nicht mehr atmen konnte. Als nähme sie mir ein Versprechen ab.

8

Übrigens, wer waren die Byzantiner?, fragte Monique.

Einmal Lehrer, immer Lehrer. Die Byzantiner? Ich rezitierte: Das Byzantinische Reich war der östliche Teil des Römischen Reiches, seine Hauptstadt hieß Byzanz, später Konstantinopel, dann Istanbul. Im vierten Jahrhundert war der Kaiser ein Christ. Wir haben in Jerash Ruinen von byzantinischen Kirchen gesehen. Danke! Monique strahlte: Die Türken von damals also!

Ich hatte mich mit ihrer Begleitung noch nicht abgefunden, aber ab und zu fand ich sie nett.

Wir besichtigten Amman. Wir hielten vor der Zitadelle und liefen durch das Archäologische Museum und das römische Theater. Der Himmel war verhangen, aber die Sonne drückte arg. Ich lief, Monique im Schlepptau. Nelly schien sie aufgegeben zu haben. Ich versuchte, die fotografierende Sofia einzuholen, aber diese schützte ihre Einsamkeit besser als ich, sie knipste eifrig weiter und bekundete kein Interesse an einem Gespräch mit mir, was ich gut verstehen konnte. Sie gehörte, glaube ich, zu den Leuten, für die das Wort »Lehrer« negativ besetzt ist. Lehrer = belehren. Ich kehrte zu Omar zurück, der von den unblutigen Narben der Steine sprach. Ich mochte das Bild. Er erzählte von Amman und Jordanien als Ziel der früheren Invasoren und der heutigen Immigranten. Er zeigte uns die anarchische Welt aus Eisenstangen, Antennen und Masten, die aus den weißen Terrassendächern den sandfarbigen Himmel ausloteten. Liebe Gäste, wir verdanken den Bauboom den Irakern, die hier im Exil leben, sagte er, auch den heimatlosen Palästinensern. Vor mir flirrten Bilder von wandernden Völkern aus allen Jahrhunderten. Wir, Touristen, waren kleine Rinnsale in ihren Spuren. Mit einem Prospekt fächelnd, kam Sabrina auf mich zu. Es ist unerträglich heiß, sagte sie. Es geht, antwortete ich. Omar zeigte auf junge Leute, die an Ausgrabungen arbeiteten. Damit könne man eine Armee von arbeitslosen Einwanderern beschäftigen, Flüchtlinge aus dem Nahen Osten, aus Schwarzafrika, alle könnten die Spuren der verschwundenen Zivilisationen aufspüren. Wer wird, sagte er, wer wird all diese Eisenstangen und Betonbauten, diesen Antennenwald und unseren digitalen Schrott (er zeigte auf unsere Kameras) in tausend Jahren auswerten, wer wird die Spuren unserer zu Recht verschütteten Zivilisation untersuchen? Niemand! Diese paar Quadratmeter Beton lohnen sich nicht, was lohne sich überhaupt noch? Und Sabrina flüsterte mir ins Ohr, Omar habe einen schlechten Tag, sie wisse nicht, was ihn so betrübe. Sie habe versucht, mit ihm zu reden, er sei ganz nett, aber privat völlig zugeknöpft. Wenn er von Völkerwanderungen, von Invasoren, von unterdrückten Bevölkerungen, von Flüchtlingen rede, spreche er im Grunde über sich.

Omar lief vor uns, er rannte fast, führte uns jetzt zum Herkulestempel.

Herkules war ein starker Mann, nicht wahr? Monique stand wieder neben mir, außer Atem. Omar läuft zu schnell, ich komme kaum noch mit, klagte sie. Wer war Herkules? Herkules, erklärte ich, sei ein Halbgott gewesen, Sohn des Gottes Zeus und der Alkmene, einer irdischen Schönheit. Er habe schon als Baby zwei Schlangen mit der Hand erwürgt und als Kind seinen Musiklehrer mit der Leier erschlagen. Ach, schon damals, rief Monique, herrschte jugendliche Gewalt. Schon immer, Monique, die Menschen saugen schon mit der Muttermilch kriminelle Energie auf. Zum ersten Mal hatte ich diese Frau mit ihrem Vornamen angesprochen. So einer war also dieser Herkules! Sie lachte. Ich hatte plötzlich Lust, etwas für sie zu tun. Apropos Milch, sagte ich, Herkules saugte an Heras Brust so stark, dass es sie schmerzte und sie das Kind abstieß. Aus seinem Mund kam ein riesiger Strahl Milch, der zum Himmel spritzte und die Milchstraße schuf. Mein Gott, rief Monique begeistert, mein Gott, was für eine tolle Geschichte! Schade, dass sie gelogen ist! Ihre kindische Freude belohnte mich. Sie holte einen Notizblock aus der Tasche, um, sagte sie, die Geschichte des Herkules aufzuschreiben.

In Bethanien sah der Jordan wie irgendein schmutziges Flüsschen aus. Mücken surrten. Das Gras am Ufer war völlig zertrampelt. Pater Claudius aber wäre an meiner Stelle entzückt gewesen: Wir wurden Zeugen einer Massentaufe. Eine Gruppe von Menschen in weißen Hemden drängte sich am israelischen Ufer. Omar entfernte sich und ließ uns allein, er telefonierte die ganze Zeit aufgeregt. Ich nahm an, der Anblick bewaffneter Soldaten unter israelischer Flagge war ihm unerträglich. Ein Priester sprach auf die Menschen ein. Sie sangen jetzt ein Kirchenlied. Im ersten Jahr meines Schuldiensts an der St.-Theresa-Schule hatte ich ein paarmal mit Viola den Gottesdienst besucht, der montags vor dem Unterricht stattfand, weil ich mich mit der Schulleitung gut stellen wollte. In dieser Schule konnte der kleinste Fauxpas am Anfang der Karriere verhängnisvoll sein. Der damalige Direktor, ein Geistlicher, notierte sich, wer zum Gottesdienst kam und wer nicht. Später akzeptierte Herr Direktor Wittkopf, dass ich und andere der Messe fernblieben. Viola, die zum Lehrer-Schüler-Chor gehörte, verpasste keine. Sie war nicht gläubig, fand aber das Ritual der Montagsmesse wichtig für das harmonische Zusammenleben aller Beteiligten in der St.-Theresa-Schule. Sie glaubte nicht an Gott, aber wahrscheinlich an die Kommunion. Ich konnte es verstehen, auch wenn man, so gesehen, den Gläubigen genauso einen Joint statt der Hostie reichen könnte.

Die Christen im weißen Hemd folgten dem ursprünglichen Ritus des Untertauchens eines Menschen zur seelischen Reinigung: Sie gingen jetzt ins unappetitliche Wasser hinein. Man hatte ein Viereck mit kleinen Bojen eingezäunt, wie für ein Kinderbad, wahrscheinlich konnten die Menschen aber überall stehen, so seicht war das Wasser hier. Ein nacktes kleines Mädchen wurde von seinem Vater dorthin geschoben, aber es sträubte sich und kehrte immer wieder zurück. Der Vater versuchte seine Tochter zu überreden, sie schien gehorchen zu wollen, watete ins Wasser zurück, aber sobald ihr das Wasser an die Knie reichte, machte sie wieder kehrt. Beide taten mir leid, der Vater, der den wichtigsten Tag seines Lebens zu erleben glaubte, und das Mädchen, dem der gesunde Menschenverstand oder aber obskure Ängste verboten, in diese Brühe zu tauchen. Uns, die Voyeure, stachen die Mücken, und wir klatschten uns auf die nackten Arme. Außerdem tätschelte Monique schon wieder meine Hand: Ist das nicht rührend, alle diese Menschen im weißen Hemd? Ich wäre auch gerne neu getauft, sagte sie. Ach, tatsächlich? Ja, um einen neuen Anfang zu machen, das müsste fantastisch sein. Ich könnte ohne meine Dusche den Tag nicht beginnen, also kann ich mir gut vorstellen, was eine solche Taufe bewirken kann. Man wird echt neu geboren. Ich hob die Schultern: Na ja, wenn man tief und fest dran glaubt. Ich glaube, ich könnte daran glauben, wenn ich nur wollte, sagte Monique. Und ich: Pascal meinte nichts anderes, als er sagte, knie dich hin und der Glaube wird zu dir kommen. Ein Kollege von Ihnen?, fragte Monique. Ein Philosoph, siebzehntes Jahrhundert. Monique lachte vergnügt: Jetzt werde ich also zum Philosophen, sagte sie und holte ihren Notizblock heraus. Können Sie das wiederholen? Sie sind wirklich ein guter Lehrer. Wenn ich sprach, machte sie sich oft Notizen, das fand ich höchst peinlich. Peinlich für wen?, fragte sie. Für mich, Monique, seufzte ich, bitte, lassen Sie das, ich bin ja nicht Sokrates. Sokrates? Wer war noch dieser Sokrates?, fragte sie, ich notiere alles Mögliche, sagte sie, nicht nur Ihre Worte. Als wir an einer Kreuzung ankamen, blieb sie kurz stehen. Erik, meine Mutter war sehr katholisch, sie ging dauernd beichten. Meiner Meinung nach hatte sie gute Gründe dafür. Finden Sie, dass ich Nelly ähnlich sehe? Sie hob die Schultern: Na ja, mir soll's egal sein.

Im Bus saß Monique wieder neben ihrer Schwester. Vielleicht verstand sie, dass ich ab und zu allein sein musste, so unsensibel konnte sie nicht sein, dass sie meinen müden Blick nicht bemerkte, meine tonlose Stimme nicht vernahm. Der schuldige Mensch ist eine klebrige Schnecke, wenn sich Finger nähern, kriecht er in das Schneckenhaus. War ich schuldig? Ich gab mir mehr Mühe, freundlich zu sein, aber weiterhin befand ich mich in einer Art innerem Exil. Der vertriebene Palästinenser Omar hätte mich ausgelacht, wenn ich diese Worte vor ihm ausgesprochen hätte, inneres Exil, ihm, dem man Land, Haus und Arbeit geraubt hatte! Als wollte ein Achtzigjähriger, der an einer Altersdepression leidet, auf die Sympathie eines Dreißigjährigen zählen, der gerade an Bauchspeicheldrüsenkrebs stirbt. Ja, ich bekannte mich schuldig, auch wenn ich meine Schuld nicht klar definieren konnte, vielleicht einfach schuldig, nur schludrig schuldig zu sein. Und schuldig, über diese Schuld nicht hinauszukommen. Die fühlbarste Wahrheit meines Lebens war die schwere Müdigkeit, die mich überfiel, sobald ich Interesse bezeugen sollte. Wenn Monique mich bat, ihr ein paar bildende Geschichten zu erzählen, oder ihr rhetorische Figuren oder Fremdwörter beizubringen, nach denen sie buchstäblich lechzte, konnte ich tief in mir die Bedeutung des Begriffs »sich zusammenreißen« nachvollziehen, den ich für meine Schüler so oft angewendet hatte: Jetzt reiß dich zusammen, Junge, noch kannst du es schaffen. Ich wusste es jetzt besser: Es ist eine blutige Sache, den Zustand überwinden zu müssen, dem man unterliegt, wenn dieses Unterliegen die neue Persönlichkeit ausmacht und man nur noch flach atmen kann. Immerhin gab ich mir bei Monique nach und nach mehr Mühe. Sie hatte heute die Bedeutungen der Wörter Metapher und Paradoxon freudig notiert, und als ihre Schwester sie einmal wieder schalt: Monique, hast du mir überhaupt zugehört?, knallte sie zurück: Deine rhetorischen Fragen gehen mir am Arsch vorbei! Nelly war platt. Die Anwesenden lachten verlegen. Ich auch. Monique warf ihrem verwirrten Privatlehrer einen triumphierenden Blick zu.

Bei dieser Rückfahrt aus Bethanien überließ ich mich also der schnell hereinbrechenden Nacht, die die verdammte Gegenwart der Welt vorläufig ausradierte. Ich hätte gern meine Finger in das

Fell meiner Katze vergraben. (Die saß jetzt bei Viola und Ingo.) Vielleicht, dachte ich, hätte ich das doppeldeutige Geschenk der Kollegen in kleine Stücke zerreißen müssen. Vielleicht war der anständige Mensch in mir, der den Reisebon nicht verlieren wollte, kleinlich und unklug gewesen, das wäre zu schade und auch den Kollegen gegenüber undankbar gewesen. Vielleicht war der feige Hund in mir, der der vox populi glauben wollte, Reisen bedeute Abwechslung, Johannas unwürdig. Omar warf noch einige Kommentare lustlos hinterher, und dann schwieg auch er, nachdem er Wasser und Plätzchen verteilt hatte. Er schwieg wie ein liebevoller Vater, der das Licht im Kinderzimmer löscht und wie der Diener, der seinen Herrn sich selbst überlassen darf. Das leise Plaudern meiner Mitreisenden begleitete mich in ein dämmeriges Labyrinth.

9

Wir besprachen die verschiedenen Begriffe in der Parabel *Der Aufbruch* und danach schrieben die Schüler ihre gelenkte Interpretation. Die Mehrheit der Schüler nahm Bezug auf Kafkas Biografie, einige auf die Bibel, ein sehr guter Schüler hatte unsere Arbeit über Symbole genützt und sich an eine psychoanalytische Interpretation gewagt. Manche gebrauchten geschickt Erkenntnisse aus anderen Texten Kafkas, einige machten unerfreuliche Denkfehler, und ich ärgerte mich darüber, dass zwei Schülerinnen, die sich für eine textimmanente Interpretation entschieden hatten, sich damit begnügten, stilistische Merkmale des Textes aufzuzählen, ohne irgendwelche Schlüsse daraus zu ziehen. Ein Schüler blieb bei einer plumpen Paraphrase, ein anderer hatte sichtlich den Aufsatz eines Studenten im Internet gefunden und abgeschrieben. Anscheinend hielt er mich für einen Idioten, der nicht in der Lage sei, seinen unbeholfenen Stil von dem Stil eines Germanisten zu unterscheiden. Ich hatte jeden Aufsatz bis auf den des Abschreibers sorgfältig korrigiert und alles gelobt, was zu loben war. Den Aufsatz von Johanna hatte ich mir für zuletzt aufbewahrt, um mir meine Selbstdisziplin zu beweisen, oder vielmehr, um danach das Echo ihrer Sätze endlos hören zu dürfen. Endlich so weit, las ich ihren Text gierig und mit klopfendem Herzen, als wäre es ein seit Langem ersehnter Brief.

Was man alles nicht weiß, betitelte sie ihre erste Deutung der Geschichte.

Wer der Icherzähler der Parabel ist, weiß man nicht, auch wenn man sich denken darf, er sei eine Projektion des Autors. In welchem Land sind Haus und Stall angesiedelt? Zu welcher ersehnten Landschaft führt das Tor? (Ich sehe eine Wüste.) Wie heißt der Die-

ner? Warum geht der Herr selbst in den Stall, anstatt seinen Befehl zu wiederholen? Ist der Diener taub, blöd oder schlechten Willens? Dient er einer ganzen Familie oder gehört er nur zu dem Icherzähler? Hat das Pferd einen Namen, eine Rasse? Wo sind die Farben in der Geschichte? Hört der Erzähler die Trompete wirklich, trügt ihn sein Gehör oder fantasiert er? Spielt etwa die Trompete nur in seinem Kopf? Und falls die Trompete gespielt wird, von wem und warum werden die Noten geblasen? Und welche Noten? Gibt es Krieg? Einen Kreuzzug? Ruft das Instrument zur Jagd? Ist es die Trompete von Jericho, die den Einsturz von inneren Festungen einläutet? Vielleicht geht es darum, das alte Leben zu verjagen, die alten Gefühle in die Luft zu blasen? Oder wird ein Feiertag eingeläutet? Ein Fest der Freiheit? Warum hört der Diener nichts? Warum fragt später der Diener, wo die Reiterei hinführen soll? Geht es ihn denn etwas an, wohin sein Herr reitet? Wenn ja, ist er nicht eher ein enger Vertrauter des Herrn oder so alt, dass er ihm den Vater ersetzt? Nicht nur der Leser erfährt nicht viel, auch der Reiter selbst gefällt sich in der eigenen Unwissenheit: Er weiß nicht, wohin er reitet, sein Ziel ist »weg von hier«. Warum? Was war so schlimm an seinem Leben, an seinem Land oder an dem Zuhause, dass er die Flucht ergreifen muss (wenn es eine Flucht ist)? Wo ist die Vergangenheit? Er nimmt den Tod in Kauf, falls er kein Essen auf dem Weg bekommt. Warum einen solchen Weg? Und warum so allein? Wo ist die Zukunft?

Alle diese Fragen stellt sich der Leser vielleicht nicht sofort und nicht bewusst, er beginnt aber zwangsläufig zu grübeln: Was erregt ihn an dieser Geschichte? Warum erzeugt sie in ihm eine solche Unruhe? Die Worte zittern in seinem Leserkopf wie das sommerliche Licht am Tor (Warum denke ich, es ist Sommer im Text? Kein einziges Mal wird eine Sonne, eine Hitze, ein Schatten erwähnt). Hinter ihm ein ausradierter Lebensraum, vor ihm eine noch nicht gegenwärtige Landschaft. Der Leser befindet sich in einem flirrenden Rätsel, das ihn aber trotz seiner Verwirrung beglückt, weil wir Menschen uns selbst als ungelöstes Geheimnis erfahren, und jeder Mensch ist von seinem Spiegelbild angezogen. Aber die Geschich-

te fasziniert uns vor allem, weil sie eine Geschichte ohne Ende ist, die Vollendung der Geschichte wäre auf keinen Fall das Lösen des Rätsels, der Text erzählt nämlich keinen Prozess der Entscheidung, sondern teilt uns allein die Entscheidung mit: Diese Entscheidung wird uns vorgeführt, es wird nicht lange gefackelt, nicht Pro und Contra diskutiert, niemand verheddert sich in überflüssigen Details, kein Rucksack wird gepackt, kein sentimentaler Blick zu einem Fenster nach oben geworfen, wir wohnen nur einem Aufbruch bei, dem schlichten Bild des Weggehens. Keine Vergangenheit mehr, noch keine Zukunft, man hängt buchstäblich in der Luft: Das ist das Bild unseres menschlichen Daseins. Es gibt nichts davor, nichts danach. Die Leser der Parabel haben alle diese Notwendigkeit gespürt, die Lust auf Weg-von-hier, auch ohne erkennbaren Grund. Sie selbst aber, die Leser, sie gehen nicht, wir gehen nicht, weil wir uns Fragen stellen, Fragen, die die Menschen und Dinge betreffen, die in diesem Text aus der Oberfläche verschwunden sind. Der Reiter geht, weil er sich keine überflüssigen Fragen mehr stellt. Er hat sie uns überlassen. Nur derjenige geht, der weder der Vergangenheit nachtrauert noch die Gegenwart befragt noch die Zukunft infrage stellt, einem Impuls folgend, der zur Gewissheit geworden ist.

Da Sie bestimmt, Herr Jansen, etwas über den Stil der Geschichte hören wollen, schreibe ich noch, dass ich den Text doch mag, eben weil er so knapp ist, als lupenreiner Diamant erscheint, nachdem Kafka alles weggeschliffen hat, was ihn schwerfälliger gemacht hätte. Kafkas Stil ist gleichsam der Lebensstil des Aufbrechenden, die Streichung der Beschreibungen, Adjektive und anderen Ballasts entspricht dem Verzicht auf Lebensüberfluss. Nur wer seinem komfortablen Leben den Rücken zuwendet und das wegwirft, was ihn wie den Diener fett, taub, passiv und angepasst macht, nur wer aufbricht, entgeht dem Tod der Seele und wird lebendig.

In der Tat war der Aufsatz eine Art Brief, der mich verwirrte und mir doch gefiel, obwohl ich natürlich diese Form der Arbeit nicht billigen konnte. Die direkte Ansprache, ihre Ironie, die spöttische

Bemerkung: »Da Sie bestimmt, Herr Jansen …«, dies war eine nicht hinnehmbare Frechheit. Johanna interpretierte die Parabel, indem sie das im Text Fehlende hinterfragte und in die Lücken der Geschichte einen Strom von Ideen und Andeutungen hineinfließen ließ, die den Reichtum des Textes transportierten. Es war gut, aber sie benutzte kaum die in den vorangehenden Stunden eingeübten Interpretationshilfen, als hätte sie mir nie zugehört. Ich wusste nicht, wie ich sie benoten sollte. Sie zeigte die siamesische Bindung von Stil und Sinn, jedoch beiläufig, quasi nur mir zuliebe am Ende erwähnt, als Zugeständnis an meine Marotte, was sie in extremis zu einer psychologischen Deutung der Parabel brachte, einer Art bissiger Antwort auf die Frage: Was will uns der Autor sagen. Ironisch? Ja, sie hatte sich für eine textimmanente Interpretation entschieden, wenn das Immanente im Text auch das ist, was die Zeilen nicht enthalten, sie zeigte die Einmaligkeit einer Geschichte, die nur das Wesentliche aufwies, sie hob deren exemplarisches Wesen hervor, indem sie die Nebensächlichkeit von konkreten Hinweisen demonstrierte. Eine gute Note würde allerdings bedeuten, dass sie recht hatte, ihrem literarischen Gespür mehr als meinen Aufgabenanweisungen zu folgen. Ich wollte mir Zeit lassen, am nächsten Tag den Text in aller Ruhe noch einmal zu lesen, aber schon mal mit dem roten Stift »Herr Jansen« unterstreichen und mit folgender Bemerkung versehen: »gehört nicht hierher«, »Ein Aufsatz ist kein Brief an den Lehrer, es geht hier um die Deutung eines literarischen Textes, nicht um eine persönliche Botschaft.« Ich erschrak aber über das Biedermeierliche dieser Bemerkung und auch über die Unwahrheit, die sie enthielt: Natürlich war der Adressat eines Schüleraufsatzes der Lehrer, der einzige oder Hauptleser des Textes, auch wenn man so tat, als wäre diese Art von Aufgabe an die Menschheit adressiert. Ich ließ eine Stunde verstreichen, die ich von der Tür zum Fenster auf und ab laufend totschlug. Die Sonne ging unter und hinterließ am Himmel längliche rot-schwarze Spuren. Ich hörte Viola, die in ihrem Arbeitszimmer auf der Klarinette übte. Sie nahm seit zwanzig Jahren Unterricht, machte wenig Fortschritte, blieb aber konsequent am Ball. Sie übte nervende Triolen ein. Dann las ich Johannas Text erneut, unterließ Benotung und Bemerkung und suchte ihre E-Mail-Adresse in meinem Adressenregister. Ich schlug ihr einen Termin vor, bei dem wir uns über ihre Arbeit unterhalten könnten. Zum ersten Mal seit ich unterrichtete, hatte ich meine Schüler am Anfang des Schuljahres um ihre Mail-Adressen gebeten, von denen ich aber selten Gebrauch machte. Bis jetzt hatte ich mich gegen diese Art von Kommunikation gewehrt, vor allem weil ich meine eigene Adresse nicht preisgeben wollte und eine Unmenge an E-Mail- Fragen, -Bitten und -Vorwürfen befürchtete, und – zugegeben – auch weil ich mir mit den digitalen Kommunikationsmitteln der Zeit schwer tat. Mir war bewusst, dass das Bedürfnis, Johanna allein zu sehen, mich zu diesem Terminvorschlag motivierte, dabei wollte ich mir so gern einbilden, eine Aussprache sei für sie notwendig. Mit einer so persönlichen Art könne sie ja manche zu rigiden Lehrergemüter beim Zentralabi schockieren und sich damit eine gute Note vermiesen. Sie habe manche »Spielregeln« unbedingt einzuhalten, nicht alle Lehrer verstünden, wie interessant und frisch ihre Texte seien, wenn die Arbeitsanleitungen nicht exakt berücksichtigt wurden. Beim Abitur werde ihre Klausur nicht nur von mir korrigiert. Das wollte ich ihr alles sagen – und sehen wollte ich sie.

Ich erhielt keine Antwort, und als ich Johannas Leistungskurs zwei Tage später unterrichtete, fragte ich sie zwischen Tür und Angel: Ob sie meine Nachricht denn nicht erhalten habe? Es betreffe ihre Arbeit über *Der Aufbruch*. Einiges müsse besprochen werden. Sie hob die Augenbrauen wie eine stutzige Lehrerin und sagte, sie schaue äußerst selten nach ihren Mails. Ich glaubte, etwas Schnippisches oder leicht Provozierendes in ihrem Blick zu entdecken und geriet aus der Fassung. Aber, fügte sie schwach lächelnd hinzu, sie könne mir ihre Handynummer geben, und falls es notwendig sei, dürfe ich ihr gern eine SMS schicken oder auch anrufen, falls ihr Telefon angeschaltet sei, meistens sei ihr Handy allerdings ausgeschaltet. Ich notierte mir die Nummer und wiederholte, es gehe ja nur um ihren Aufsatz, man könne doch sofort einen Termin ausmachen, sie könne zum Beispiel zu meiner Sprechstunde kommen, mittwochs ab fünfzehn Uhr. Sie habe aber dann eine private Verpflichtung, sagte sie und schaute dabei auf ihre Füße, nein, am Mittwoch gehe es wirklich nicht. Ob der Aufsatz daneben sei? Wenn ja, solle ich ihn einfach entsprechend benoten, so wichtig nehme sie das nicht. Sie könne auch gern einen neuen schreiben. So schlecht sei übrigens diese Parabel nicht, man könne locker noch eine Stunde daran sitzen. Es schellte gerade zur nächsten Stunde, sie wandte sich um und ließ mich stehen. Ihr Pferdeschwanz pendelte hinter ihr her und ich schaute wie benommen darauf, bis sie am Ende des Flures verschwand. Ich hätte vor Scham und Wut meine Tasche gegen die Wand schmeißen können. Eine Gruppe verspäteter Schüler polterte in den Flur, ich ermahnte sie brüllend zur Ruhe.

10

Wir hielten vor einem großen Geschäft, wo wir Produkte vom Toten Meer kaufen konnten sowie echten Schmuck aus Jordanien, Gold, Silber, Edelsteine, Teppiche, Souvenirs. Wem hätte ich schon etwas mitbringen können? Ich trödelte durch die Gänge, wählte schließlich ein Stück Seife mit den Mineralien des Toten Meeres. Im Bus erzählte Omar vom Programm des nächsten Tages: Wer nicht schwimmen kann, dem gebe ich morgen Unterricht, grinste er, und alle lachten mit ihm, weil wir zum Toten Meer fahren wollten und in dessen Wasser nie untergehen würden. Es stehe im Internet, da liege man auf dem Rücken und könne die Zeitung lesen, bemerkte jemand. Der Schriftsteller Stefan Heym ist aber im Toten Meer ertrunken, wollte ich erwidern und schwieg. Dein Wissen, Herr Lehrer, behältst du für dich, man stirbt nur im Toten Meer, wenn man zu viel Wasser schluckt, dann zersetzt einem das Salz die Lungen. Nur das Tote Meer selbst stirbt, fuhr Omar fort, es schrumpft und sinkt schon lange, weil die Israelis zu viel Wasser aus dem Jordan abzweigen, und auch weil es nicht genug regnet, weil der Wasserverbrauch immer größer wird, die Bauern, die Fabriken, der Tourismus. Ja und, hob sich Omars Stimme zu einer fröhlicheren Note, liebe Gäste, morgen am Toten Meer liegen Sie wieder in der Sonne, für die ganze Woche ist wieder Sonne angesagt, am Toten Meer aber bekommt man keinen Sonnenbrand, nur eine therapeutische UVB-Sonnenbestrahlung. Im Bus herrschte eine familiäre, freundliche Atmosphäre, man hörte Papierrascheln: Manche zeigten sich gegenseitig ihre Einkäufe. Ich kapselte mich ab, hielt durch eine halb grimmige, halb verträumte Miene Monique fern. Kapseln haben es in sich: Ich bestand aus einer chemischen Mischung von Gefühlen, die ich niemandem zumuten konnte. Wer mich lieben und in den sauren Apfel beißen würde, könnte sich, unglücklicher Kannibale, vergiften.

Man bestürmte wieder ein riesiges farbenfrohes Buffet. Man lief hin und her mit vollen Tellern. Omar saß in einer Ecke mit dem Busfahrer. Sie unterhielten sich leise, aber mit ernster Miene. Vielleicht ekelten sie sich vor der Masse an Essen, das die Touristen verschlangen, die ein Pauschalpreis ermutigte, noch eine Ladung draufzutun. Monique saß an einem großen Tisch mit sieben anderen lieben Gästen und winkte mich zu ihnen. Man unterhielt sich über das Elend der Palästinenser aus Liftlik, das Heimatdorf von Omar. Als jemand sich gegen die Israelis ereiferte, merkte sein Visavis spöttisch an, dass Tausende von Palästinensern in den C-Zonen dank des Weinanbaus oder der Dattelplantagen derselben Israelis Arbeit gefunden hätten. Der Ton drohte, heftiger zu werden (aber die Diskussion interessanter), als Sofia mit einem Gruppenfoto den Streit zum Stillstand brachte: Alle sagten »cheese«. Danach verzweigte sich das Gespräch, man ließ die Worte seichter blubbern. Ein ehemaliger Ingenieur erzählte, dass in diesem Jahr mit deutscher Hilfe Wasserleitungen in Jordanien repariert oder installiert worden waren. Der Deutsche als konstruktiver Gutmensch und Techniker wurde auch öfter in Omars Vorträgen herbeigerufen. Er wusste, was uns gefiel. Die zweite Tischhälfte hatte das Stichwort Armut zu einer Diskussion über Hunger in der Welt angeregt. Als eine Dame mit zitternder Stimme von ihrer ehrenamtlichen Arbeit bei der Tafel erzählte, ließ ihr Tischnachbar seine Gabel in der Bratensauce ruhen, um uns zu berichten, dass er einen behinderten Nachbarn unterstützte, und bald prahlte jeder mit seinen christlichen Taten. Ich gähnte. Mein rechtes Bein zuckte unaufhörlich. Die Zähne mahlten, die Zunge verdünnte, pürierte die Gedanken, man schluckte sie leicht. Doch schlugen mir diese Gutmenschen auf den Magen, nein, sie langweilten mich nur. Ich wunderte mich seit Jahren, wie wenig das gesellige Plaudern vermag, als pflügte man mit einem Bleistift die trockene Erde. Ich wusste ja als Linguist, wie wichtig diese »Kontakttexte« sind, schon allein, um sich von anderen bestätigen zu lassen, dass man als atmender Mitmacher da sei: Hört, hört, ich plaudere mit dir, also bin ich, also bist du. Ich ärgerte mich über meine Blasiertheit, aber der Rededurchfall klebte mich an meine Mitschwätzer und ich wollte nur noch abhauen und wortreine Luft atmen. Nein, ich verachtete niemanden, ich war der Kranke, der Zunge und Schwatz als Verdammnis empfand. Vielleicht hatte mich deshalb Johannas Schweigen im Unterricht angezogen und natürlich die Tatsache, dass sie wie ich das Literarische mochte. Ich glaube, wir waren beide der Meinung, dass die Literatur mehr Wahrheit zutage fördert, weil sie diese hinter den Zeilen verbirgt. Ich schielte jetzt nach Monique, die mir einen heiteren Blick zuwarf, sie trug ein tiefblaues T-Shirt mit schwarzen Pailletten und zerrte am Ausschnitt, als würde es der Schilddrüse zu eng. Ihr Mondgesicht erhellte sich. Was dachte sie? Sie lächelte amüsiert, als wollte sie sagen: Lieber Erik, du lebst nicht auf einer einsamen Insel, auch du musst ab und zu die Stimmung und den Atem des anderen spüren, Ja, auch das Mitatmen ist nötig, du hochnäsiger Pseudointellektueller. Oder hast du dich im Teufelskreis der Schule zur Rotznase zurückentwickelt, die aus der Höhe ihrer sechzehn Jahre nur ein »echtes« Sein erfahren will, das Meer unter dem Asphalt?

Ich ging auf die Terrasse, um eine Zigarette zu rauchen, und Monique folgte mir wieder. Ach Gott, sie haftete mir an den Fersen, und ich schwankte zwischen Ärger und Mitgefühl. Das Kindische in ihr war keine Tarnung. Diese eingecremte Frau war echt, aber nervte. Lassen Sie mich raten, sagte sie doch überraschend, Sie finden dieses Gespräch von reicheren Deutschen über das Weltelend lächerlich. Darf ich eine Zigarette schnorren? Ich möchte gern wieder rauchen. Sie inhalierte und hustete erbärmlich. Ich klopfte ihr nicht auf den Rücken. Schön, sagte sie, als der Hustenanfall sich gelegt hatte, warum habe ich das nicht schon lange wieder genossen? Hm, sagte ich fad, warum sollte man sich als reicher Mensch nicht eine Meinung über die Armut erlauben? Aber, sagte Monique, ich glaube nicht, dass es um Meinungen ging, es war ein Wettbewerb. Wer ist der Liebste im ganzen Land? Ich nicht, lächelte ich, ich kann mit keiner Wohltat andere übertrumpfen, eigentlich schade. Ich auch nicht, erwiderte Monique, ich gebe mein Geld nur für mich selbst aus. Aber, Herr Jansen, kennen Sie jemanden, der wirklich gütig ist, ich meine, hundertprozentig herzensgut? Ich weiß nicht, antwortete ich, ich hatte mit Kindern und Jugendlichen mehr zu tun als mit Erwachsenen. Kinder und Jugendliche sind selten herzensgut (ich hatte öfter festgestellt, dass sie sogar kleine Hyänen waren), sie erfinden sich meistens ihr Leben auf Kosten der anderen. Sie sollten wieder Lehrer werden, antwortete Monique. Sie interessieren sich für Menschen. Sie irren sich, sagte ich, ich bin nur höflich. Das ist schon mal was, antwortete sie. Nelly behauptet immer, Höflichkeit gehe heutzutage verloren. Sie können mir erzählen was Sie wollen, Sie sind bestimmt ein guter Lehrer. War, sagte ich, ich war. Und vielleicht nicht mal das.

Ich war bis zu meiner Entlassung ein durchschnittlicher Lehrer gewesen, der seinen Beruf meistens gern ausgeübt hatte. Ich konnte mir kaum eine sinnvollere Tätigkeit ausmalen, als jungen Menschen Kenntnisse zu vermitteln, insbesondere in der Literatur. Ich unterhielt mich lieber mit Heranwachsenden als mit Erwachsenen, auch mit den Lügnern, den Aggressiven, die ihre Fragen wie Feuer spuckten. Die meisten waren auf der Suche nach einem Lebenssinn, nur wenige Erwachsene hatten sich nicht in der Sinnlosigkeit eingerichtet und unter diesen wenigen war keiner erträglich. Lange Zeit war ich sogar überzeugt, dass jedes Wissen vermittelt werden könne, man müsse nur den richtigen Schlüssel finden, um den Panzer an Gleichgültigkeit und Lethargie zu knacken. Irgendwann genossen die jungen Menschen ihre Entdeckungen, fanden Geschmack am Nachdenken. In dieser

Hinsicht glich ich fast meiner Frau, die sich ihre Begeisterung bis heute bewahrt hat (mit Ingo wetteiferte sie zuletzt um gute Ideen und Vitalität), aber eben nur fast.

Wenn wir zurück sind, erklärte Monique, lade ich Sie mit meinem Sohn ein, er wird so glücklich sein, Sie wiederzusehen, er schwärmte ja für Sie. Ich malte mir aus, wie ich mit dem ehemaligen pummeligen Jungen und Monique in ihrer Villa speise und wie der junge Schlosser mir vorschlägt, bei der Theatergruppe der Freiwilligen Feuerwehr Regie zu führen. Ich möchte nicht eingeladen werden, sagte ich. Ich koche ungern und schlecht und kann mich nicht revanchieren. Einladungen gehen nur paarweise. Dann, sagte Monique, lade ich Sie zweimal ein! Ach, Herr Jansen, Sie sehen nett aus, wenn Sie lächeln! Sollen wir wieder zum Tisch gehen und eine Flasche Wein bestellen? Wir bestellten beide Weißwein und füllten die Gläser der anderen. Die kurze Erheiterung, die mir Monique verschafft hatte, verschwand auf der Stelle. Meine Augen ruhten auf jedem Gesicht und trotz meines guten Willens sah ich nichts, eine Leere, die aus meinem eigenen Vakuum entstand. Früher waren Gesichter für mich wie diese Gucklöcher in alten Federhaltern, man schaute rein und sah einen Greifvogel auf einem Fels, den Eiffelturm oder den Big Ben. Indessen schimpfte Nelly mit Monique, sie stinke nach Zigaretten, ob sie noch alle Tassen im Schrank habe? Monique antwortete mit schwerer Zunge, Nellys Metaphern seien banal und sie könne sie mal.

Es lag vielleicht am Wein, aber ich konnte lange nicht einschlafen. Johannas Gesicht lag unter meinen Augenlidern, ich war ein lumpiger Hampelmann im Wirbel der Zeit und meine Hände suchten vergeblich nach einem festen Halt. Meine Schülerin trug ein ausgeleiertes T-Shirt und schaute zu, wie der Lehrer Jansen, dieser alte Feigling, unterging. Ich spitzte die Lippen in ihre Richtung und wusste, ich sah aus wie ein blubbernder Fisch.

11

Das Wetter war perfekt, als ich mich am nächsten Tag zum Strand aufmachte.

Liebe Gäste, wir sind am Toten Meer, am tiefsten Ort der Welt, vierhundert Meter unter dem Meeresspiegel. Es hörte sich an wie ein Zitat aus Jules Verne. Warum totes Meer?, fragte mich Monique. Ich erklärte brav: Da treffe man keinen Fisch, keine Muschel, alles tot, ein Wasser, das zehnmal salziger sei als in anderen Meeren, heilsam und fürchterlich giftig.

Omar entließ uns in einen freien Tag, kein Programm heute, liebe Gäste. Endlich Urlaub, grinste Monique. Alles blau, Azur in jeder Himmelsrichtung. Nur über dem Meer schwebte weißer Dunst. Jemand, der Bruno hieß und einen weißen Bart trug, teilte uns mit, er sei ein Sonnenanbeter und wolle immer unter einem blauen Himmel leben. Mein Mann war auch so, sagte Monique. Ich nicht, sagte ich. Ich liebte das knackige Grün des Frühlings, aber auch die von Mücken surrenden Grashalme, den Strohgeruch des Heidekrauts im Herbst und die scheintoten Wiesen, die sich unter dem Schnee nicht mehr regen. Niemand streichelt deine Haut? Du hast, sagte der Dichter, den Wind, den Regen, den Schnee, die Graupel, die Frühjahrssonne, die Sommersonne, die Herbstsonne und die Wintersonne. Als ich mich aber verlor, entdeckte ich, dass der sogenannte Trost der Natur eine Schimäre war, dass der Verlust einer wahren Liebe die schönste Landschaft zerknitterte, als hätte diese Liebe jede Ecke, jede Falte der Erde festgehalten und gefüllt. In dieser Verwüstung erhob sich der Schmerz und harrte wie ein aufgeschichteter Steinkegel im Nebel aus, immer wieder orientierte man sich masochistisch an ihm.

Man schmierte sich mit schwarzem Schlamm ein. Sollte man mit dem Schlamm oder mit dem Bad im Meer anfangen?, fragte sich eine Frau, die nichts falsch machen wollte und vor Gier und fröhlicher Erwartung geradezu zitterte. Jetzt ließen sich alle auf dem schweren Wasser treiben, die weißen Bäuche nach oben wie tote Fische, die Arme gestreckt; dieses unheimliche Salzwasser, in das ein immer schmutziger und dünner werdender Jordan einfloss, trug die Schwersten, die Dicksten, und auch ich ließ mich genüsslich treiben, das Gesicht zum blauen Himmel hin, den Kopf endlich leer, als ein Jammern, ein Fiepen, ein schreckliches Röcheln mich zwang, den Kopf vorsichtig zur Seite zu drehen und hinzusehen: Monique Simons war das, die panisch um sich schlug, als wollte sie das Wasser zu Butter schlagen, sie schnaufte und würgte und als ich versuchte, mich zu ihr zu wenden, um die Situation besser abzuschätzen, verlor auch ich die Balance, rollte mit dem Gesicht zum Wasser, hatte nur den Reflex (Stefan Heym!), den Mund zu schließen, und machte höllische Anstrengungen, mich aufzurappeln, schlug auch mit den Armen und bekam Salzwasser in die Augen, strampelte mit den Füßen, wippte hin und her, auf und ab, schaffte es nicht, während die arme Monique immer lauter stöhnte und rief und wahrscheinlich unter der Schlammmaske rot anlief, Mund zu, schrie ich, Mund zu, Monique, ich komme! Meine Augen brannten schrecklich, warum half nicht jemand anderer dieser Frau? Wo war ihre Schwester? Schaute sie denn ruhig zu, wie ihre kleine Schwester ertrank? Endlich lag ich aber wieder auf dem Rücken, atmete durch, während ich rückwärts paddelte und sie erreichte und beruhigend auf sie einsprach, Mund zu, Monique, alles mit der Ruhe, lassen Sie sich führen, und ich schlüpfte halb unter sie, presste meinen Bauch unter ihren Rücken und sie wurde ganz ruhig, schlug nicht mehr um sich, schien sich entspannt ihrem Schicksal hinzugeben. Ich aber überlegte es mir anders, winkelte die Knie an und presste sie gegen ihre Wirbelsäule, sodass sie es fast schaffte zu stehen, eben nur fast, sie klatschte aber wieder auf das Wasser und rief Herr Jansen, Herr Jansen, Erik, und ich schloss meine brennenden Augen, während sie wieder auf die Seite rollte, es dann aber doch schaffte, wieder auf dem Rücken zu liegen. Schön, Monique, jetzt bleiben Sie so liegen, bis Sie normal atmen, so ist es gut, ja, stöhnte sie, so ist es gut, aber was mache ich jetzt, was machen wir jetzt? Jetzt lassen Sie sich wieder auf dem Rücken treiben, schauen Sie in den Himmel und atmen Sie ruhig. Ich wirkte wie ein routinierter Bademeister auf sie ein, paddelte neben ihr, hob ab und zu den Kopf hoch, um ihre Bewegungen zu kontrollieren, machen Sie es wie ich, ganz langsam, ich bringe Sie zum Ufer zurück. Mein rechter Arm lag unter ihrem Rücken, ihr linker Arm unter meinem, wir schafften synchron die Rückkehr zum Strand, bis Hände und Schultern den Boden spürten. Ich kroch dann, so schnell ich konnte, auf allen vieren auf den Sand, um ihr nicht die Zeit zu lassen, sich für meine Hilfe zu bedanken, rannte zum Schlammbecken, tauchte außer Atem die Hände in die schwarze Brühe und schmierte mich ganz ein, das Gesicht zuerst, die Beine, die Arme, den Bauch, die Brust und war nicht mehr zu erkennen. Ich fühlte mich jetzt ruhiger und ging zum Strand zurück, wo Monique Simons noch auf dem Sand saß, die Füße noch im Wasser – keine schlechten Beine für ihr Alter –, sich die Augen rieb und weiter ein- und ausatmete. Ihre schwere Brust bewegte sich heftig in dem mit pink-gelben Spiralen gestreiften Badeanzug (hatte der Designer nicht daran gedacht, dass eine Frau in diesem Badeanzug wie ein mit Gold zugeschnürtes Osterei aussieht?), unter ihrem Hintern blubberte der Sand weg und, als ich einen Blick auf ihr Gesicht warf, bevor ich mich wieder ins Wasser traute, merkte ich, dass sie schluchzte. Der Schreck oder der Gedanke an ihren Mann? Konnte es nicht sein, dass ihr Gatte vielleicht aus Akaba allein hierhergefahren und in das gelartige Wasser gegangen war, um die Ruhe unter dem Sternenhimmel zu genießen, dann aber in die falsche Richtung abgetrieben worden, in Panik geraten war, nicht mehr zurückgefunden hatte, Wasser geschluckt hatte, ertrunken war und nie gefunden wurde, obwohl irgendwann seine Leiche bei Windstärke fünf an das Ufer hätte angespült werden müssen?

Monique erkannte mich nicht, so ließ ich sie für sich weinen und ging schnell wieder ins Wasser, versuchte lange meine Ruhe zu finden, hier im warmen Meer, in diesem Toten Meer, von dem im Katechismus oft die Rede war, aber da schmolzen weder meine Gedanken noch fielen sie in die Tiefe, sie wippten eine Viertelstunde mit mir an der Oberfläche, nur die schwarze, schön- und gesundmachende Erde löste sich von mir, und bald hörte ich Monique rufen, die mein verschmiertes Gesicht doch nicht in die Irre führte: Erik! Auch sie trug erneut eine Schlammmaske, ihre Figur und ihr Badeanzug vereitelten aber jede Tarnung. Ich hob den Kopf und sah, wie sie wieder ins Wasser watschelte, nicht weit weg vom Ufer, ich neigte den Kopf zurück und sah nicht, wie ihre stämmigen Schenkel zitterten, wie sie mich betrachtete, wahrscheinlich ernst und still, wie sie sich entmutigt umdrehte, weil sie verstanden hatte, dass ich auf ihre Rufe nicht reagieren würde. Ich aber drehte dann vorsichtig den Kopf zu ihr, sah von der Seite aus, wie sie sich den Schlamm mit Meereswasser abwusch und sich umdrehte, wie Spuren des Schlammes an ihrem Rücken haften blieben. Wie sie sich zur Dusche entfernte.

Später, als alle sich für das Abendessen fertig machten, ging ich noch einmal ans Wasser. Die Nacht brach schnell herein, ich fröstelte, sah zu, wie das Wasser verdunstete, bis die letzten Sonnenstrahlen vom Wasserspiegel verschluckt wurden und sich die Nacht auf das Meer von Lot legte.

Allahu Akbar, Gott ist größer. Um halb fünf wurde ich wach von dem Ruf des Muezzins. Ich mochte diese tiefe Töne modulierende Stimme, die über das Land in alle Richtungen hallte und alle erwachenden Menschen seit Jahrhunderten zu einem gemeinsamen Beten vereinigte. Vor langer Zeit durften nur Blinde das Gebet einläuten, hatte uns Omar erzählt, so konnte der Muezzin von der Minaretthöhe aus die Frauen nicht sehen, die sich auf den Weg oder auf ihre Terrassendächer hinknieten. Ich aber, anstatt mich in die Kette der frommen Lebewesen einzureihen, dachte beim Hören der Lautsprecherstimme an die Vogelperspektive in Johannas zweiter Deutung von *Der Aufbruch*. Und ich sah sie deutlich vor mir, die fast siebzehnjährige Frau, die ich geliebt hatte. Ich blieb regungslos und flach atmend liegen, nur um sie nicht zu verscheuchen. Sie nahm den ganzen Horizont ein, und als die betende Stimme verstummte, blieb ich allein mit meiner Schülerin. Ich habe immer den Zustand zwischen Schlaf und Wachsein genossen, wenn die Gegenwart zum kaum wahrnehmbaren Strich zwischen den Meeren der Vergangenheit und der Zukunft wird, wenn die Welt noch nicht geboren, die Nacht noch nicht gewichen ist. Einfälle erleuchten aus einer unbekannten Quelle die Geistesdämmerung, Gedanken aus einem Niemandsland der Seele drängen sich auf. Oft ist es der Augenblick, in dem Menschen das Leben verlassen, als wollten sie zwischen diesen zwei Zeitebenen in eine neue Dimension schlüpfen, die die Ewigkeit sein könnte.

12

Als sie mir ihren zweiten Essay aushändigte, warf Johanna mir einen zweideutigen Blick zu. Ich wusste wieder nicht so recht, was darin zu lesen war, Provokation oder Demut, Humor oder Melancholie? Nie hatte ich so schlecht die Regungen eines Menschen interpretieren können wie bei ihr. Es schien, dass sich sogar ihre Augenfarbe bei jeder Stimmung veränderte, zwischen grün und grau, zwischen grau und blau. Ich habe, sagte sie, nur so zum Spaß zwei, drei Seiten geschrieben, bitte keine neue Note, bin völlig mit der Zwei zufrieden. Ich hatte ja ihre erste Deutung mit Zwei bewertet, nachdem ich mir eine Stunde lang überlegt hatte, ob es eine Zwei plus, eine Zwei minus oder eine glatte Zwei sein sollte, eine Entscheidung, die kaum ein Gewicht in der Gesamtnote am Ende des Schuljahrs hatte, eine lachhafte und ungerechte Entscheidung. Ich hätte den Aufsatz genauso gut mit Eins oder mit Vier benoten und diese Noten auch irgendwie rechtfertigen können. Ein paar lobende Sätze hatte ich dazugeschrieben, mit der Bitte um mehr Beachtung der Aufgabenstellung und der sprachlichen Merkmale des Textes (das hatten wir doch besonders gut eingeübt). Sie sollte auch bitte sehr die direkte Ansprache an den Lehrer vermeiden.

Nach unserer knappen Unterredung zwischen Tür und Angel hatte ich mit Johanna kaum noch gesprochen, nur im Unterricht.

Der Aufbruch: Das Positive und das Negative. Das Kleine und das Große und andere Gegensätze.

Der Lehrer hat recht, es lohnt sich, die sprachlichen Merkmale eines Textes sehr aufmerksam anzuschauen, sie sind wie die kleinen Gesten und Ticks eines sprechenden Menschen: Sie lassen eine zweite Stimme erklingen. Das Nicken mit dem Kopf, die Gesten der Hän-

de, das Schlagen der Wimpern sprechen Bände und lindern oft die Langweile, die ein Sprecher verbreitet.

Mich interessieren vorerst die vielen Verneinungen in Der Aufbruch und die Ambivalenz mancher Ausdrücke. Man stößt stets auf Fragen und Negationen. »Der Diener verstand mich nicht.« Dieser kurze Satz findet bald sein Echo im Mund des Reiters: »Ich weiß es nicht.« Es häufen sich weitere Verneinungen: »Er wußte nichts und hatte nichts gehört«. Das Indefinitum »kein« ist in Bezug auf Essensvorrat dreimal vertreten. Die letzten Sätze gefallen mir übrigens sehr gut, weil sie so zweideutig sind. Man könnte die Worte »kein Eßvorrat kann mich retten« negativ oder positiv verstehen: 1) Kein Essensvorrat reicht aus, um mich zu retten. 2) Gerade der Mangel am Essensvorrat kann mich retten. Wovor? Vor der Verdammnis der Bequemlichkeit? Das Positive und das Negative wechseln sich in dem kurzen Text ständig ab oder, wie in dem Beispiel von »kein Eßvorrat«, besetzen gleichzeitig einen Satz und erzeugen damit einen Licht-Schatten-Effekt. »Weg von hier«, schreibt der Dichter, »weg von hier« wiederholt er, »Immerfort weg von hier«, und auch da trifft man Zweideutiges: Immerfort etc. könnte heißen: ständig weitergehen (ohne sich umzudrehen), aber auch: immer wieder weg von hier: Das Weggehen muss sich stets wiederholen: Immer wieder muss man dem Zuhause den Rücken drehen, der Aufbruch besteht also in einer Wiederholung des Aufbrechens, eine Sisyphusaufgabe, das »Weg-von-hier« mit seinen Bindestrichen, das Positive, das Ziel. Warum muss man es »immerfort« versuchen? Vielleicht weil der Aufbruch immer wieder scheitert, vielleicht aber auch, weil der Aufbruch, um Aufbruch zu bleiben, also um seiner Definition zu entsprechen, an sich wiederholt werden soll. Und im letzten Satz »Es ist ja zum Glück eine wahrhaft ungeheure Reise« ist das Präfix un- von »ungeheure« ebenfalls negativ belegt, aber für den Icherzähler ist das Ungeheuerliche seines Unternehmens eine positive Eigenschaft. Am Ende addierten sich die Negationen zu einem »ja zum Glück …«, denn diese Worte »es ist ja zum Glück …«, beim ersten Lesen als beiläufiger Ausdruck fast übersehen (»es ist ja glücklicherweise …«), entpuppen sich für mich als das wahre Ziel der Reise: eine ungeheure Reise zum Glück.

Nichts ist da sicher, und doch sprüht der Text vor Energie, vieles wird verneint und doch strahlt der Icherzähler Entscheidungskraft aus. Ein Paradox? Dass das Negative Positives erzeugt, ist schon am Anfang der Parabel klar: Die Taubheit oder die Idiotie des Dieners lässt eine Bewegung entstehen: Der Icherzähler geht selbst zum Stall. Und zum Schluss reitet er aus allen widrigen Umständen (Personen, Gegenständen), die der Schreiber-Reiter, Kafka, in der Geschichte nicht mitnehmen wollte. Die Verleugnung oder Streichung dieser Dinge befreit den Erzähler, der durch das Tor wegreiten kann. Ich sehe da die Rolle des Autors: Seine Figuren erblicken das Leben aus allem, was er verschweigt. Alles, was er gestrichen und ausgelassen hat, erklärt die Handlung des Helden. Er löscht die geistlose, beschränkte, langweilige Gesellschaft, aus der er ausbricht. Er geht einsam, war aber immer schon einsam. Ist jemand, der sich nur von seinem Diener verabschiedet, einem Diener, der sich für sein Verlangen taub stellt, nicht ganz und gar einsam? Ist die Einsamkeit nicht die absolute Bedingung zur freien Bewegung?

Da Kafkas Text nur die großen Linien einer Geschichte skizziert, entführt er uns in eine Vogelperspektive und bringt uns ins Ungewisse, vielleicht ins Nichts. Ein beängstigendes und doch anziehendes Nichts. Angst und Lust des Lesers als Kontrapunkte. Die vielen Details, die ausgelassen wurden, reduzieren die Geschichte auf ein großartiges Minimum.

Was ich aus dieser Parabel lerne? Eine kleine Geschichte kann sehr groß werden, okay, das ist nicht neu und eigentlich eine blöde Bemerkung, denn jeder weiß es: Eine Sekunde kann ausreichen, um ein ganzes Leben zu verändern. Aber man kann auch diese Weisheit mitnehmen: Es ist gerade das, was man gestrichen hat, das uns wieder entstehen lässt, nur aus dem Verneinen entsteht das Bejahen und, in Anbetracht des Todes, der den Körper vernichtet, um die Seele herauszulassen, ist das nur scheinbar ein Paradox.

Mein Blick rutschte vorerst zum rot unterstrichenen letzten Satz am Ende. Warum hatte sie die Linie nicht in blauer Tinte gezogen und überhaupt, hatte ich den Schülern nicht oft empfohlen, ihr Bedürfnis an Unterstreichungen zu zügeln? Ich sei in der Lage, die Wichtigkeit eines Satzes selbst wahrzunehmen, das Gewicht einer Aussage solle aus den Worten hervorragen und nicht mithilfe von Maltricks betont werden. Aber warum dieser rote Strich, ein mit dem Lineal sauber gezogener Strich, als hätte die Schülerin den Platz des Lehrers eingenommen, der hier und da eine fehlerhafte oder ungeschickte Textstelle rot markiert. Ich hatte noch nie einen guten Satz meiner Schüler unterstrichen, wollte sie mir das sagen? Manchmal schrieb ich ein »gut!« an den Rand, »gute Idee«, »guter Ausdruck«. Ich hatte nie mit Lob gespart, hatte nie meine Schüler mit bösen Sprüchen gedemütigt. Ach, warum sah ich jetzt in dieser Unterstreichung einen Hinweis auf einen Fehler von mir? »Nimm es nicht so persönlich«, gehörte zu den gut gemeinten Phrasen im Lehrerzimmer, wenn sich ein junger Kollege über seine Probleme mit Schülern äußerte. Klagen waren ohnehin nicht zu empfehlen, denn von uns, Pädagogen einer exemplarischen Schule, wurde angenommen, dass wir keine Widrigkeiten erfuhren und, falls ein Problemchen auftauchte, es selbständig und ohne Lautstärke regeln konnten. Ich aber besaß weder diese göttliche Souveränität der einen noch jene menschliche Verdrängungskunst der anderen, die ihnen halfen, sich nicht persönlich als Zielscheibe der Beleidigungen von Schülern zu sehen, sondern nur als personifiziertes Symbol der Autorität, die jeder normale junge Mensch infrage stellte. Nein, ich sollte mich an diesem roten Strich nicht festbeißen, und doch sah ich, eitler Mensch, darin, wenn keine Kritik, doch eine Art meiner Schülerin, den Lehrerstift, die Führungsrolle zu übernehmen. Ich war irritiert.

Johanna hatte mir diese zweite Deutung von *Der Aufbruch* während der großen Pause ins Lehrerzimmer gebracht. Sie hatte geklopft und den öffnenden Kollegen gebeten, mich herauszurufen. Indessen wartete sie brav vor der Tür, wie es sich schickte, und als wir uns gegenüberstanden, reichte sie mir ihren Text, bat mich, dies nicht zu benoten und warf mir wieder den sonderbaren Blick zu, ironisch und doch freundlich, mit hochgezogenen Brauen. Und ich sah ihr nach, wie sie sich im Flur entfernte. Sie trug wie immer Jeans und einen ausgeleierten Wollpulli, ihre schwarzen Stiefel klopften leicht auf den Fliesen. Und ich rang wieder mit dem Drang, ihr nachzulaufen, sie um eine Erklärung zu bitten. Was sollte diese zweite selbst auferlegte Arbeit, um die ich sie nicht gebeten hatte, was sollte ihr ganzes Verhalten, was ist los mit Ihnen, Johanna, was wollen Sie von mir, was will ich von Ihnen? Am Ende des Flurs drehte sie sich um und sah, dass ich sie ansah und dass ich sie dabei überraschte, mich anzuschauen, ein Spielchen, ein Spiegelungsspiel, eine kleine szenische Übertragung menschlicher Unentschlossenheit.

Ich ging zu meinem Tisch zurück, wo David, Frau Doktor Meyer, Bernd, Ingo und die Austauschlehrerin Marleen Zwagerman Kaffee tranken, und ich setzte mich neben Marleen. Sie unterrichtete seit einigen Monaten an unserer Schule Niederländisch und duzte alle, Herrn Wittkopf inbegriffen, und der verdutzte Direktor wagte nicht, sie zur Rechenschaft zu ziehen, siezte sie hartnäckig weiter, in der Hoffnung, sie würde die Unschicklichkeit ihrer Anrede begreifen, was sie aber weiter nicht störte. Ihre gute Laune hatte mich oft aufgebaut. Ein Lehrerzimmer ist eine gemischte große Klasse ehemaliger Schüler. Da findet man nicht den »typischen Lehrer«, sondern die verschiedensten Typen. David hatte Deutsch und Philosophie studiert, weil er – wie ich und die Hälfte aller Germanisten – mit dem Gedanken flirtete, Schriftsteller zu werden. Er war aber so sehr von Thomas Mann und Hermann Hesse geprägt, dass er es niemals schaffen würde, etwas Eigenes zu schreiben, ohne sich ständig an diesen Größen messen zu müssen. Er sprach selbstironisch und blasiert über seine Ambitionen, konnte aber den Hoffnungskeim in sich nicht abtöten und träumte, mit einem neuen Manuskript (das, wenn auch noch nicht geschrieben, in ihm heranreifte) doch entdeckt zu werden und den Lehrerberuf an den Nagel hängen zu können. Ich verdanke ihm, dass ich die Tiefe dieses großen Verlangens, das Entdecktwerden, als Motor aller menschlichen Beziehungen und vor allem der Liebe verstanden habe. Neben David saß Frau Doktor Meyer – Erdkunde und Geschichte. Sie war Lehrerin geworden, weil ihre Mutter es auch war, und diese Mutter war für sie eine Leitfigur. Sie glaubte an ihren Beruf und hielt die nötige Distanz zu den Schülern. Bernd hatte Abitur auf dem zweiten Bildungsweg gemacht und nach einem Studium der Biologie und der Chemie vergeblich eine Karriere als Wissenschaftler angestrebt. Er hatte sich dann entschieden, als Quereinsteiger an unserer Schule zu unterrichten. Seine wahre Leidenschaft galt Autos, vor allem der Marke Alfa Romeo, was ihm die Anerkennung mancher Schüler einbrachte, die sich von ihm eine Spritztour erhofften. Ingo kam wie ich aus einer Arbeiterfamilie. Wann immer er konnte, hielt er seine proletarischen Wurzeln hoch, um die Arroganz der Hoch-Geborenen mundtot zu peitschen. Ihm hätte ich vielleicht von Johanna erzählen können, aber diese Liebe war etwas Unsagbares, die Einmündung meines Lebens in ein namenloses Meer. Später hat er sowieso alles von Viola erfahren.

Bernd hatte Johanna im Türrahmen erblickt, er pfiff anerkennend: Sieht gut aus, das Mädel, es ist mir schon aufgefallen. Hat die wieder ihre Hausaufgabe verspätet abgegeben?, fragte Ingo. Ich hob die Schultern. In Latein ist sie nicht schlecht, fuhr er fort, hätte sie nur damals in der Mittelstufe Vokabeln gelernt! Jetzt rätselt sie viel herum. Selbst ein rätselhaftes Mädchen, sagte ich. Kennst du eigentlich ihre Familie? Du warst doch mal ihr Klassenlehrer, in der Zehnten, oder? Ingo wusste nur, dass ihr Vater Oberarzt in einem Krankenhaus und die Mutter in der Kunstbranche tätig war. Sie besitze eine Galerie, male auch selbst und, soviel er wusste, sei sie nicht völlig unbekannt. Ich kenne Johanna als eine ziemlich passive Schülerin, meldete sich Frau Doktor Meyer, nicht schlecht, wenn sie sich Mühe gibt, nicht störend, allerdings nicht ganz koscher. Was sie damit meine? Sie habe etwas Verschlagenes, meinte meine Kollegin, man wisse nicht genau, woran man bei ihr sei. Diese Art, einen anzusehen, halb angeekelt, halb ärgerlich-spöttisch. Ich frage mich immer, ob ich die Hose offen gelassen habe oder der Lippenstift verwischt ist.

Das Wort verschlagen berührte mich unangenehm. Wie Frau Doktor Meyer zu dieser Meinung kam? Sie könne es nicht erklären, ein Gefühl eben, »diese Frau« sei kalt, ein bisschen arrogant. Sie scheine nicht viel von ihren Mitmenschen, Lehrern oder Mitschülern, zu halten. Es war seit einigen Jahren Mode, junge Mädchen, Vierzehnjährige schon, als Frauen zu bezeichnen, Frau Dingsbums, oftmals als offizielle Anrede, amtlich korrekt. Das Fräulein war obsolet geworden. »Frau« entsprach aber, fand ich, der allgemeinen Erkaltung der Sitten an den Schulen und raubte jungen Schülerinnen ihren noch kindlichen Charme. Ich erwiderte nichts, da gerade eine hübsche Kollegin an unseren Tisch trat, die gegen jede politische Korrektheit ihre Achte »einen Haufen von kleinen bösartigen Neurotikern« schimpfte. Bernd schlug ihr vor, sie heute nach Hause zu fahren.

Es schellte zur vierten Stunde. Ich konnte Johannas Aufsatz erst am Nachmittag zu Hause lesen. Viola hatte mit Ingo und einigen Schülern aus der Oberstufe zusammen eine Literatur-AG. Ich aß schnell eine Kleinigkeit, legte mich auf die Couch meines Arbeitszimmers und fing an, den Aufsatz zu lesen, fiebrig, als handelte es sich um einen Liebesbrief. Schon nach dem ersten Abschnitt konnte ich mich nicht mehr konzentrieren. »… die kleinen Gesten und Ticks eines sprechenden Menschen …« Ich sah wieder Johannas Blick, die im Unterricht meine Hände oder Lippenbewegungen musterte, mein Blinzeln, meine Art, mir auf die nach rechts gezogene Unterlippe zu beißen. Ich stand ihr gegenüber und sie beobachtete, wie ich seufzend zum nächsten Satz ausholte, mein Buch immer ganz behutsam zuklappte, als könnte man die zu reifen Worte darin zerdrücken, sie merkte, dass ich beim Nachdenken am Nagel des rechten Zeigefingers knabberte, und wusste, dass ich die Nasenflügel aufblies, wenn ich mich zusammennehmen musste, um einen Schüler nicht anzuschnauzen. Sie registrierte, dass ich mir öfter übers Haar fuhr und es mit gefächerten Fingern nach hinten zurückstrich, und so weiter und so weiter. Das Beobachten von Ticks, das mache ich mit allen Lehrern, mit allen Menschen, sagte sie mir später, in Prag, erinnern Sie sich denn nicht mehr an Ihre Schulzeit, Herr Jansen, wie langweilig es war, stundenlang zu sitzen und diesen Lehrerstimmen zuzuhören, die man nicht unbedingt alle mag? Die näselnden, die leiernden, die schneidenden, die gebieterischen. Und ich: Mögen Sie denn meine Stimme nicht? Beziehen Sie doch nicht alles, was ich sage, auf sich, hatte sie streng erwidert.

Wie spöttisch klang der Anfang ihres Textes: »Der Lehrer hat recht«, der Satz trieb mir die Schamesröte ins Gesicht, oder war es der Zorn über den kleinen Seitenhieb? Und was sollte »die Langeweile, die ein Sprecher verbreitet«? Fand sie mich langweilig? Beobachtete sie jede meiner Macken oder Sprachticks (»gut also, ich gebe Ihnen ein Beispiel, zum Beispiel …«), um ihre Langeweile zu vertreiben? Und: »eine Sekunde kann ausreichen, um ein ganzes Leben zu verändern.« Dieser Satz brachte mich ins Schwitzen. Was genau meinte sie damit? Wollte sie mir damit etwas anvertrauen? Las ich da eine versteckte Warnung? Und der letzte Satz, der unterstrichene? Jetzt wehte vor meinen Augen eine rote Fahne, mein Herz klopfte wie verrückt: Konnte es nicht als Selbstmorddrohung interpretiert werden? Meinen Schülern hatte ich beigebracht, zwischen den Zeilen zu lesen, den Subtext zu entziffern. Ich aber konnte es hier nicht.

Ich versuchte schließlich die Deutung noch einmal so zu lesen, als wäre sie nicht von Johanna, sondern von einer beliebigen Schülerin. Die ganze Deutung, vor allem die Analyse der Verneinungen im Text zeigte eine intelligente Überlegung, einen scharfen Sinn für Sprache und Literatur. Ich musste zugeben, Johanna hatte da ein paar Feinheiten herausgelesen, die mir völlig entgangen waren. Sie war eine kluge Schülerin, die sich nicht mit einer oberflächlichen, entlehnten Interpretation begnügte; sie sondierte die Parabel bis auf den Grund, wollte alles extrahieren, was zu extrahieren war: Sollte ich da nicht zufrieden sein? Johanna war eine begnadete Leserin und gehörte zu den seltenen Menschen, die sich einen Satz auf der Zunge zergehen ließen, sich den Aussagen eines Autors neugierig näherten und sie wie eine Geschenkpackung öffneten, um sie sich anzueignen. Was wollte ein Lehrer mehr von seiner Schülerin? Ich korrigierte nichts, schrieb keine andere Anmerkung als »Fein!« ans Ende des letzten Blattes, tippte aber später den Text ab, so wie ich es bei ihren ersten beiden Texten gemacht hatte, speicherte ihn, mit dem vagen Hintergedanken, dass ich vielleicht auch später, in anderen Kursen, diese Deutung vorlesen könnte, aber der Heuchler in mir wusste es doch besser: Ich tippte Johannas Texte ab, weil jedes Wort ihre Stimme hinaustrug und wohlbehütet in meinem Speicher versteckt liegen würde, immer abrufbar, bereit, wieder gekostet zu werden, wie früher die getrockneten Früchte, die im Speicher meiner Eltern ihren Duft entfalteten.

Kurz danach, als ich ihr den Text zurückgab, aber mit schwacher Stimme sagte, ich fände ihre Bemühungen, die Parabel zu besprechen, sehr interessant, der letzte Satz aber hätte mich beunruhigt, und als ich dabei meine trauerumflorte Stimme um ihr nacktes Gesicht säuseln hörte, packte mich eine gewaltige Sehnsucht. Ich erkannte sehr deutlich, ich muss mich retten, ich darf sie nur im Unterricht wiedersehen. Sie lachte auf: Wieso beunruhigt? Ihre Augen waren auf meine Hand gerichtet, die rechte Hand mit dem Ehering. Anstatt mir ihr Blatt abzunehmen, ließ sie sich Zeit, so viel Zeit, dass diese Hand zu zittern begann und brüsk das Papier lüftete: Na, nehmen Sie es doch, sagte ich forsch, das Werklein, und sie wunderte sich und beobachtete kühl meine sich runzelnde Stirn. Wann haben Sie denn Zeit?, fragte sie, ich würde doch ganz gern mit Ihnen über *Der Aufbruch* sprechen, ich glaube, ich bin noch lange nicht fertig damit. Aber, sagte ich,

Sie haben doch andere Aufgaben, wir wollen uns im Unterricht mit weiteren Texten Kafkas beschäftigen. Wann haben Sie Zeit?, wiederholte sie. Ich weiß es nicht, antwortete ich trocken, das heißt, ich habe zurzeit keine Zeit, ich – und meine Stimme bebte, während ich die Hand in der Tasche zur Faust verhärtete –, ich muss die Reise nach Prag organisieren, breche unter der Last der Klausuren und der Konferenzen zusammen. Was kann Sie denn wieder aufbauen?, fragte sie. Ich lächelte schwach und ging. Und hörte hinter meinem Rücken ihr kleines, böses Lachen. Ich drehte mich um: In Prag, sagte ich, da haben wir sicher Zeit!

13

Wir fuhren zum Berg Nebo. Monique setzte sich im Bus wieder zu mir. Sie fragte mich, ob ich nicht in ihrem Notizbuch lesen wolle, um eventuell die Rechtschreibfehler zu korrigieren, so diskret wie es geht, Erik, ich gebe dir meinen Kuli, damit es nicht zu sehr auffällt. Sie hatte mich geduzt. Ich sagte ihr, dass ich es als indiskret empfände, in ihrem Notizbuch zu lesen, ein Tagebuch sei etwas Intimes. Ach was, Erik, ich habe nicht viel zu verheimlichen, und später will ich, dass mein Sohn dieses Schreiben erhält, und was wird er von mir denken, wenn er über so viele Fehler stolpern muss! Ich wollte zuerst argumentieren, dass ihr Sohn selbst eine katastrophale Rechtschreibung gehabt habe und es wahrscheinlich nicht merken würde, wenn Monique hier und da ein ß falsch einsetzte oder eine Zeit unpassend gebrauchte, aber sie kam mir zuvor: Ach, meinem Christoph wird es wahrscheinlich schnuppe sein, aber seiner Frau, seinen Kindern? Irgendwann wird er heiraten und Kinder in die Welt setzen. Monique wollte also der Nachwelt eine schriftliche Spur ihres Daseins auf dieser Erde hinterlassen. Ich nahm zögernd das Heft und las. Es waren sachliche Texte, alle mit Datum versehen, die Orte schlicht umschrieben (Jerash, gut erhalten, römische Stadt, noch viele schöne Säulen), auch Anekdoten und andere Dinge, die ich ihr erzählt hatte, wie: Knie dich hin und der Glaube wird zu dir kommen. Pascal, Franzose, Philosoph, siebzehntes Jahrhundert, die Definition von Stilfiguren, die sie so gern hatte: rhetorische Frage: Man setzt zwar ein Fragezeichen dahinter, aber Nummer eins fragt nur zum Schein und kennt die Antwort, und Nummer zwei ist ausgeliefert. Beispiel: Bist du nicht die Mutter meiner Kinder? Na klar bin ich das. Euphemismus: Man macht es sich schöner: »hat uns verlassen« für sterben. »Ins Bett gehen« für bumsen. Ironie: Man sagt etwas und denkt genau das Gegenteil: Gesagt: Das hast du schön hingekriegt! Gedacht: Du hast es total vermasselt.

Ich fragte sie, warum sie so gern von mir Stilfiguren lernen wolle, was für sie so wichtig daran sei. Diese gestylten Figuren, antwortete sie, sagen die Dinge nicht, wie sie sind, nur wie man sie zeigen will. Sie manipulieren dich. Sie sind kleine Waffen. Die kleinen Waffen der gebildeten Leute. Kleine Waffen, Monique? Bunte Fingernägel, aber die kratzen. Nelly und mein Mann hatten diese Art, miteinander zu sprechen. Warum guckst du so? Ja, ich selbst bin geschminkt und so weiter, aber doch nicht innen. Sie klopfte sich auf die Brust: Da drin ist alles echt. Ich mag nackte Worte lieber, aber wenn ich sie durchschaue, deine Stilfiguren, verstehe ich viel mehr von den Menschen im Allgemeinen. Du wärst eine gute Lehrerin gewesen, sagte ich, bei dir hätten die Schüler verstanden, worum es geht.

Sie hatte ihr Abenteuer im Toten Meer erzählt. Erik Jansen hat mich gerettet. Das Salz in den Ohren juckt noch, oder ist das seine Stimme?

Ich korrigierte während der nächsten Busstrecke. Sie schwieg und schien glücklich zu sein. Als ich fertig war, nahm sie das Heft und schaute sich jede Seite an. Sie strich mit den Fingern über die Wörter und schluckte, aufgeregt, gerührt. Wir hielten einige Minuten am Straßenrand. Männer mit großen Körben verkauften Obst: Omar kaufte einige Kilo Granatäpfel, für meine Kinder, sagte er, sie sind ganz verrückt danach, und er pries die Eigenschaften der Früchte an, die auch bei alten Leuten Wunder wirken würden: Sie wirkten gegen Prostatakrebs und Demenz. Wir stiegen aus und Monique bat mich, sie an der Seite ihrer Schwester zu fotografieren. Sie standen beide vor dem Bus, Monique einen Kopf kleiner, ihre breiten Hüften an Nellys Gerippe. Nelly legte ihre rechte Hand auf die Schulter ihrer Schwester und lächelte etwas verkrampft. Beide hielten einen Granatapfel in der freien Hand. Nelly schaute in die Richtung der Kamera, Monique hatte sich mit halb geöffneten Lippen zu ihr umgedreht, als wollte sie ihr etwas mitteilen. Ich konnte aber kein Wort hören. Ich drückte auf den Auslöser von Nellys Kamera.

14

Zwei Fotos von Johanna habe ich so oft aus der Brieftasche genommen, dass sie zerknittert und unscharf geworden sind. Auf dem einen sitzt sie im Gras und knabbert an den Nägeln ihrer rechten Hand. Die zweite Aufnahme ist eine Erinnerung an die Klassenfahrt nach Prag, eine Woche vor den Osterferien. Bei dieser Reise schoss ich meine Speicherkarte voll mit Bildern der Schüler am Flughafen, vor dem Hotel, am Ufer der Moldau, vor der Salvatorkirche, auf der Karlsbrücke, auf dem Platz der Republik, vor der Burg, überall. Wir hatten auch einen literarischen Rundgang gemacht, um die wichtigsten Stationen aus Kafkas Leben zu sehen, Schule, Büro, Universität, alles eng beieinander im historischen Zentrum. Wir liefen Kafkas Wege ab, kehrten in ein Café ein, verglichen die aktuellen Gebäude mit historischen Fotos. Wähnte ich mich von den anderen unbeobachtet, knipste ich schnell Fotos von Johanna. Ich glaube, dass sie es merkte, denn sie konnte nicht mehr ganz natürlich stehen oder sitzen, biss an den Nägeln ihrer rechten Hand, schaute rechts oder links, kramte in ihrem Rucksack herum. Sie lief oft abseits der anderen, und auch wenn sie mitten in der Gruppe stand, sah sie abgesondert aus, schaute abwesend irgendwohin. Wir sprachen ein bisschen über die Schule (die langweiligen Lehrerstimmen!), ich wollte mehr über sie, über ihre Eltern erfahren, sie antwortete höflich, jedoch einsilbig. Ich habe gehört, dass Ihre Mutter Künstlerin ist? Ja, stimmt. Und dass sie ein gewisses Ansehen genießt? Ja, durchaus. Und wie malt sie so? Eher abstrakt oder gegenständlich? Schwer zu sagen. Vielleicht expressionistisch. Ach, meinen Sie in der Art von Macke? (Ich dachte an dessen reitende Indianer, vielleicht weil ich immer noch die Bilder der zweiten Besprechung vor Augen hatte.) Nein, sie hat ihren eigenen Stil, wie gesagt, schwer zu definieren. Mögen Sie die Bilder Ihrer Mutter? Na ja, ich weiß nicht so recht. Malen Sie auch? Nein. Wofür interessieren Sie sich am meisten? Sie wissen es doch, sagte sie, und schaute provokant zu mir hoch. Sie hob ungeduldig die Schultern und beschleunigte den Schritt, um auf die Höhe ihrer Mitschüler Marina und Peter zu kommen, die vor uns liefen. Es war, als hätte ich Feuer geschluckt. Ich versuchte es in die Luft hinauszupusten und spürte die Hitze an meiner Nase und meinen Wangen. Nein, sagte ich, hinter ihr her, ich weiß es nicht. Ich wusste es nicht. Meinte sie Literatur, Kafka, *Der Aufbruch*, meinte sie mich? Ich band meine Schnürsenkel zusammen, die eigentlich fest genug geknotet waren und blieb nach Luft schnappend ein gutes Stück hinter den dreien.

Zuerst hätte auch Viola die Reise nach Prag begleiten sollen, sie hatte es sich aber anders überlegt, da sie mit Ingo ein größeres Literaturprojekt starten wollte, das viel Zeit beanspruchte. Mich begleitete Frau Doktor Meyer, die auf dem Gebiet der Architektur versiert war und die Ruhe in Person. Sie überließ mir aber die Logistik der Reise. Ich war ständig besorgt. Würden die Schüler pünktlich beim Bus erscheinen? Hatte das Hotel die Zimmer auch wirklich reserviert? Bekämen wir genug Plätze im Restaurant? Könnte das Programm die Schüler wirklich interessieren? Würde ich genug Autorität beweisen? Würde uns kein Schüler schwere Probleme (Alkohol, Krankheit, Einbruch ins Mädchenschlafzimmer) machen? Und so weiter. Ich zählte dauernd meine Schäfchen und erschrak, wenn die eine oder der andere verschwand, was immer wieder passierte. Ich lief rot an, wenn sie uns zehn Minuten warten ließen, war wütend, als ich einen Schüler mit einer Flasche Schnaps ertappte. Ich hatte Schwierigkeiten, mich zu beherrschen, fuhr nachts zusammen, wenn ich Geräusche und ersticktes Lachen im Flur vernahm, stand im Schlafanzug auf, machte mich dabei lächerlich. Frau Doktor Meyer hatte mehr Gelassenheit, und sie hatte sich in das Schicksal gefügt, dass wir Lehrer dafür da sind, mit einem Katz-

und-Maus-Spiel das Schülerleben prickelnder zu machen. Wobei für sie klar war: Die Katze gewinnt. Sie überzeugte mich, dass unsere Sprösslinge, von denen die meisten noch minderjährig waren, einen Abend ohne Lehrer genießen durften, während wir beide zu einem Jazzkonzert gingen. Die Schüler, die es wünschten, konnten uns begleiten, die anderen durften Prag by night ohne uns erleben. Ich hoffte, dass Johanna mit uns gehen würde, sie schloss sich aber der Gruppe an, die nichts anderes wollte, als im historischen Zentrum herumzuschlendern. Alle versprachen, zusammenzubleiben und vor ein Uhr im Hotel zurück zu sein. Ich glaube, meine Besessenheit für Johanna begann mich erst wirklich an diesem Abend und bei diesem Jazzkonzert zu quälen. Ich machte die Augen zu und klopfte rhythmisch mit dem Fuß, was meiner Kollegin den Eindruck verleihen sollte, ich konzentrierte mich auf die Musik. In Gedanken aber folgte ich Johanna durch die Straßen von Prag, stellte mir vor, dass sie immer ein bisschen abseits von den anderen lief, sich über die Brücke neigte, um ins schwarze Wasser zu sehen. Manche Sätze ihrer Aufsätze kamen mir ins Gedächtnis. »Eine kleine Geschichte kann sehr groß werden«, eine banale Aussage, wie sie selbst zugab, die mir verheißungsvoll erschien. Und der letzte Satz: »Aus dem Verneinen entsteht das Bejahen und in Anbetracht des Todes, der den Körper vernichtet, um die Seele herauszulassen, ist das nur scheinbar ein Paradox.« Ich hätte an diesem Abend alles dafür gegeben, um meine Schülerin nur zu begleiten. Mehr nicht. Ich glaubte, meine Bestimmung zu erkennen: Das Leben hatte mich nur als Begleiter vorgesehen, nicht als Führer und nicht als Verführer. Ich wollte Johanna nur über eine schwierige Lebensstrecke hinweghelfen, und als ich diesen Gedanken immer wieder drehte und wendete, verdrehte und gerade rückte, verschluckte ich mich, hustete, lief rot an. Frau Doktor Meyer fragte mich, ob mir zu warm sei. Ja, mir sei zu warm, mir sei schlecht, ich müsse an die frische Luft, ob sie allein mit den Schülern zum Hotel zurückgehen könnte? Aber ja, kein Problem, Erik, geh an die frische

Luft, lauf eine Runde. Ich stand auf, ging leise an der kleinen Gruppe unserer Schüler vorbei, entwich aus diesem Musiklokal wie ein Schmetterling aus dem Kokon. Erleichtert, befreit atmete ich tief durch und jagte Richtung Zentrum, Richtung Moldau. Ich musste sie finden. Was würde ich übrigens sagen, wenn ich sie und ihre Mitschüler träfe? Es würde sich ergeben, ich musste sie nur finden. Ich hetzte durch alle Orte, wo ich die Bande vermutete, ging in mehrere Kneipen, und sah niemanden, zögerte vor einem Nachtclub, bezahlte Eintritt, erkämpfte mir den Weg durch die Menge der Tanzenden, und sah niemanden, rannte ein Stück am linken Ufer entlang, am rechten Ufer, und sah niemanden. Als ich zwei Stunden später erschöpft das Hotel erreichte, waren auch Frau Doktor Meyer und ihre Schüler schon da. Die Gruppe mit Johanna war noch nicht eingetroffen. Ich sagte meiner Kollegin, dass es mir besser gehe und dass sie auf ihr Zimmer gehen könne. Ich würde warten, bis alle zurück seien. Kurz vor eins kamen sie auch fröhlich und nur leicht beschwipst an, aber ich erschrak, als ich Johanna vermisste. Was war passiert? Sie hätten doch versprochen, zusammenzubleiben! Die Schüler schauten sich perplex an, Johanna sei irgendwann verschwunden, man habe es nicht sofort bemerkt und später angenommen, sie wolle allein zum Hotel zurück, sicher sei sie schon in ihrem Zimmer. Marina, mit der sie das Zimmer teilte, war nach zwei Minuten wieder da: Nein, Johanna sei noch nicht zurück. Mich packte jähes Entsetzen, Panik. Ich hielt mit vor Wut und Angst zitternder Stimme eine Standpauke über die Pflicht, zu seinem Wort zu stehen, warf ihnen verantwortungsloses Verhalten vor, sie hätten unser Vertrauen missbraucht, sie hätten versprochen, zusammenzubleiben, ein Versprechen sei niemals zu brechen, und so weiter. So, gehen Sie jetzt alle ins Bett, ich warte auf Johanna, und sie wird noch was erleben! Ist ja gut, Herr Jansen, machen Sie nicht so viel Getöse, sagte Marina mit einem hässlichen Grinsen, Ihre Johanna kommt ja sicher bald. Ihre Johanna! Machen Sie nicht so viel Getöse! Ich war versteinert von Marinas Frechheit. Was fällt Ihnen ein? Ich tobte: Verschwinden Sie! Aber schnell, wir werden Konsequenzen daraus ziehen müssen! Der Nachtwächter gab mir ein Zeichen, leiser zu sein. Ich brülle ja das ganze Haus wach! Die Schüler stiegen die Treppen hoch und verschwanden etwas kleinlaut. Schon hörte ich aber ein ersticktes Lachen auf der ersten Etage und unüberhörbar die belustige Stimme von Marina: Was glaubt ihr, was sie erleben wird?

Was sollte ich jetzt machen? Halb zwei. Ich kämpfte gegen die Tränen. Die Polizei benachrichtigen? Warten, bis sie kam? Womöglich hatte sie keine Papiere und kein Geld eingesteckt oder nicht genug für ein Taxi. Ich rief sie zwei-, dreimal an, sprach auf ihre Mobilbox: Ich bat sie, sich zu melden, befahl es, flehte sie an. Sie lief in der Stadt umher, lief blind irgendwohin und hatte sich verirrt, konnte uns nicht benachrichtigen. Ich rauchte eine Zigarette nach der anderen und sah sie, betrunken mit einem fremden Mann in einer Bar, verloren in einem dunklen Straßenlabyrinth, gefangen in einer fremden Wohnung, entführt in einem BMW der Mafia, durch K.-o.-Tropfen wehrlos, weggeschleppt, ich sah sie im Fluss treiben. Ich lief die Straße zum Hotel auf und ab, beschloss, spätestens um zwei die Polizei anzurufen. Ich dachte an die Nächte, in denen meine Eltern um mich gebangt hatten, wenn ich immer wieder verspätet von der Disco zurückfuhr. Meine nervöse und nervende Mutter blieb wach, und erst als ich den Schlüssel ins Schloss steckte, konnte sie einschlafen, dankbar, nicht mehr böse, danke, lieber Gott, danke, dass unser Junge heil von dieser Scheißdisco zurückgekommen ist. Meine Angst war bodenlos, sie saß, glaube ich, tiefer als die meiner Mutter, sie überstieg bei Weitem meine eigene Furcht um meine pubertäre Tochter, als sie mit sechzehn, betrunken und viel zu spät, nach Hause gekommen war, auch die eines verantwortlichen Lehrers um eine verschwundene Schülerin. Ich wollte es mir noch nicht eingestehen, aber ich fühlte, dass ich mit dem Verschwinden oder mit einem tödlichen Unfall von Johanna nicht mehr würde leben können. Ich würde noch die Schüler nach Hause bringen und dann selbst verschwinden. Ich fragte den Nachtwächter, ob keine Schülerin angerufen habe, vielleicht eben, als ich am Ende der Straße gewesen sei, natürlich nicht, kids schlimm mit Professor, ja, ja. Er versuchte auf Deutsch ein Gespräch mit mir anzufangen, ich antwortete aber so einsilbig, dass er mich entmutigt aufgab und sich in ein Buch vertiefte. Ich ging wieder vor die Tür und rauchte.

Es vergingen weitere qualvolle Minuten. Ich hätte auf dem Bürgersteig zusammenbrechen können. Ihre Abwesenheit umschloss mich von Sekunde zu Sekunde wie ein schwarzer Raum, in dem ich blind umherirrte, ein Raum, in dem ich keine Hilfe erwarten konnte, aus dem ich mich nur allein befreien konnte. Aber wie? Um fünf vor zwei entschied ich mich, vom Hotelempfang aus die Polizei anzurufen. Als ich mich aber, bevor ich hineinging, umdrehte, um noch einen Blick auf die leere Straße zu werfen, sah ich eine schmale Silhouette sich langsam aus einem von der Straßenlaterne schwach erleuchteten Baum lösen, als entspränge sie aus dem Baum selbst, aus dem Inneren des Stammes kam langsam ein Geist zum Vorschein, überquerte schlendernd die Straße und stand auf einmal vor mir, grüßte mit einem schwachen »Hallo« und einem leicht ironischen Lächeln. Was dann passierte, geschah ohne meinen Willen, ohne jegliche Vorwarnung: Ich schlug sie ins Gesicht. Sie stolperte, fand ihr Gleichgewicht wieder, hielt sich nur eine Sekunde die Backe. Man hörte dann nur unseren beschleunigten Atem. Es entfuhr mir ein kurzes Jammern, als trüge ich die Schmerzen vom Schlag. Johanna hatte sich schon beruhigt. Sie haben schlechte Nerven, Herr Jansen, sagte sie und grinste weiter. Jetzt wurde mir erst bewusst, was geschehen war, und ich stammelte Entschuldigungen, völlig beschämt und verzweifelt. Sie schaute weg, schwieg und hörte sich seufzend meine Bitte um Verzeihung an, meine Erklärungen von wegen der Sorgen, die sie mir bereitet hatte, meine Vorwürfe wegen ihrer Verspätung, ich stotterte miserabel, bis sie zu lachen begann. Machen Sie sich doch keine Sorgen,

Herr Jansen, das bleibt unter uns. Ich bin keine Denunziantin. Gute Nacht.

Johanna! Ich hielt sie am Arm zurück, lassen Sie uns noch eine Minute miteinander sprechen, bitte. Ich holte mein Zigarettenpäckchen aus der Tasche: Sollen wir noch zusammen eine Zigarette rauchen? Danke, sagte sie, ich rauche nicht. Mir stieg die Schamesröte ins Gesicht. Johanna … Bis morgen, Herr Jansen, ich bin jetzt echt müde. Dann neigte sie den Kopf auf meine Brust und schubste mich damit leicht, wie unsere Katze es manchmal tat. Gute Nacht. Ich umarmte sie schnell und spürte den Druck ihrer Hände auf meinem Rücken, ihr Haar an meinem Kinn, schon aber machte sie sich frei und verschwand. Ich blieb noch eine Weile draußen, mich verfluchend (die Ohrfeige, die blöde Idee mit der Zigarette. Wie konnte ich so dämlich sein, und so weiter). Ich spürte aber noch den Druck ihres Kopfes auf meiner Brust. Ein warmes Gefühl bohrte sich hinein, ich kreuzte die Hände darüber und hörte auf zu atmen. Johanna! Ich sah den Baum gegenüber, hinter dem sie hervorgekommen war. Ob sie sich da die ganze Zeit versteckt gehalten und beobachtet hatte, wie ich auf und ab lief und auf die Uhr sah? Ich überquerte die Straße bis zum Baum, glitt dahinter und sah auf der anderen Straßenseite diesen erschrockenen Lehrer, der wie ein versetzter Liebhaber in purer Verzweiflung hin und her lief und seine Tränen zurückhielt.

15

Wir fuhren weiter. Ich hörte neben mir Moniques regelmäßigen Atem. Sie schien eingeschlafen zu sein, hielt aber noch mit einer Hand die Wasserflasche, die sie zwischen ihren Schenkeln eingeklemmt hatte. Ich schüttelte die Bilder ab und wollte mich auf die Landschaft konzentrieren, die hatte aber links und rechts der Schnellstraße zurzeit nicht viel zu bieten: Felder mit hängen gebliebenen Plastiktüten. Und in mir hingen jede Menge Gefühlsfetzen. Es war, als hätte das Salz des Toten Meeres all die verdrängten Sehnsüchte aufgeweckt, die mich im Sommer beinahe zum Wahnsinn getrieben hatten. Viola war umgezogen. Ich verbrachte meine Tage auf dem Sofa und kraulte meine Katze. Johannas Phantombild huschte vorüber, lehnte sich an meine Schulter, ihr Duft umwehte mich, sie strömte in meine Lungen ein, stieg mir in den Kopf, brachte mein Herz zum Rasen, Johanna drang in meine Venen ein, dass mein Blut nur so rauschte, ja, sie nahm mich ganz in Besitz, ich wurde doppelt so schwer. Wenn sie mich so in Beschlag nahm, sich so unverschämt in meinen Zellen einquartierte, um sich dann lächelnd zurückzuziehen, hasste ich sie, ohrfeigte ich sie wieder, schob sie von mir weg, aber sie kam zurück, nicht angekrochen, oh nein, sondern stolz, leise lachend, spottend, und alles fing von vorn an.

Wir hörten Omar zu, der jetzt Witze erzählte, nach dem Steinzeitalter und dem Bronzezeitalter seien wir zu schnell zum Plastikzeitalter gekommen, er klärte uns auf, der Müll werde regelmäßig eingesammelt, aber leider gebe es immer Leute, die alles und überall achtlos wegwerfen, das Bewusstsein sei noch nicht so weit, aber nach und nach … Außerdem hätten das Land und seine Nachbarländer ganz andere Probleme zu bewältigen. Ein bisschen langweilig hier, gähnte Monique. Was hast du am liebsten unterrichtet? Literatur?

Es wurde, seitdem Kafkas Werk nach 1945 von reumütigen Nazis zur Schulpflichtlektüre erkoren und Generationen von Schülern angeboten worden war, eine Unmenge an Sekundärliteratur veröffentlicht. Lektürehilfen, leichte sowie hermetische Erschließungen des Werkes, Besprechungen überwucherten den Markt und die Bibliotheken. Zig Webseiten sind von meinen interneteifrigen Schülern angeklickt worden. Diese nicht mehr überschaubare Flut von Sekundärliteratur bildete in einer Art bösartiger Umkehrung ein kafkaeskes Labyrinth. Als Lehrer war man den Schulbuchverlagen und ihren Schlüsseln zu diesem und jenem Werk ausgeliefert und verhinderte dadurch das eigene selbständige Denken. Dieses präparierte Wissen lieferten Lehrer in schülergerechten Portionen weiter. Ich hatte dagegen öfter versucht, meine Schüler mit Kafkas Texten allein zu lassen, ohne irgendeine Interpretationshilfe, hatte damit aber nur selten Erfolg gehabt. Ich wollte so den Schock bei den noch unverdorbenen jungen Lesern nicht abdämpfen, den Kafka selbst von der Literatur erwartete. Schreiben empfand er als ungeheure Tätigkeit, die eine völlige Öffnung des Körpers und der Seele beanspruchte. Eine Dichtung glich für ihn einer Expedition ins Unbekannte. Er schrieb seinem Freund Oskar Pollak: *Ein Buch muss die Axt sein für das gefrorene Meer in uns.* Dieser Satz hatte bei mir als Student und selbst ernanntem Schriftsteller die richtige Reaktion hervorgerufen: Ich warf meine Ergüsse in den Papierkorb, zu Recht überzeugt, wie nichtig das Zeug war, das ich zusammenschrieb. Das Leben hatte es freundlich mit mir gemeint. Meine proletarischen Eltern hatten an mich geglaubt, ein gutes Studium hatte den Rest an selbständigem Denken verdorben: Ich war also für das Glück gut ausgerüstet. Es war ein bisschen demütigend zu erfahren, dass mich das Leben zu einem artigen Typen geformt hatte, dass ich nur nette Sprüche (»nett« war das Wort, das ich am meisten hasste), verkorkste Wortspiele oder, wie David, endlose Sätze à la Thomas Mann zu Papier brachte. Frust, Unglück, Einsamkeit waren für ein literarisches Werk vonnöten, mir aber erspart geblieben. Meine Fähigkeiten lagen in der Kunst der Interpretation und des guten Lesens, ich war ein Diener der schönen Literatur, und das war gut so. *Ein Buch muss die Axt sein für das gefrorene Meer in uns.* Der Satz hätte sicher mehr Erfolg in einem Manga gehabt. Die kreativsten unter meinen Schülern nannten sich Cosplayer und lebten im Erzählkosmos ihrer Lieblingscomics, sie besuchten als Krieger oder Königin der Untoten die Frankfurter Buchmesse. Die meisten waren nur die Beute von Megabildschirmen, 3-D-Bildern, hielten den Daumen stets an ihren iPods, scrollten von einem Bild zum nächsten, zappten sich von Horrorfilmen zum Fantasy-Müll, manche tanzten an Wochenenden auf Drogen- und Alkoholtrips. Und ich wollte sie mit einem Text von Kafka beeindrucken? Es waren intelligente Jugendliche, die – wenn man Herrn Wittkopf hörte – zur Spitze der gymnasialen Elite gehörten, Informatikprofis, zukünftige Wirtschaftler, die leichter die Mechanismen der Börse verstanden als ich und dafür gern definitiv über das Labyrinth einer Schriftstellerseele einen Gullydeckel legten. Bei einem Gedicht, einer rätselhaften Erzählung fragten sie ohne Umschweife: »Was hat man von dem Gespinst?«, und ich zerbrach mir den Kopf, um eine plausible Antwort zu finden, zeigte, wie Fiktionen aller Art ihren Alltag prägten, wie sehr wir aus unseren Projektionen bestanden, wie sehr wir nach Entwicklungen gierten, unser Leben stets als Erzählung strickten, kurz gesagt, ich versuchte die Wechselwirkung von realem Leben und Literatur aufzuzeigen, meine Anstrengungen blieben aber meist ungehört. Ich fand nicht die richtigen Worte. Und auch das versuchte ich ihnen beizubringen: dass man immer nach den richtigen Worten suchen und greifen müsse, um Missverständnisse zu vermeiden, um sich der Wahrheit so nah wie nur möglich anzunähern, und ich verzweifelte, wenn ich es selbst nicht schaffte. Viola warf mir Passivität vor und hatte beschlossen zu handeln. Sie, passionierte

Leserin und Pädagogin, hatte einen Euregionalen Literaturpreis ins Leben gerufen, bei dem sie Schülern aus Deutschland, den Niederlanden, Belgien und Luxemburg sechs moderne Romane zu lesen gab, aus denen sie einen Preisträger küren mussten. Ich bewunderte die Energie, mit der sie mit dem Kollegen Ingo nach willigen Schülern und Lehrern, Sponsoren und Autoren suchte. Die beiden redeten nur noch von der Lese- und Sprachkompetenz der Schülerinnen und Schüler, die von ihrem Projekt auf diese Art gefördert wurde. Sie trafen sich oft, um mit Begriffen wie »grenzüberschreitende Begegnungen«, »Plattform zum Austausch in drei Sprachen«, »Grenzen überschreiten«, »interkulturelle Grenzen«, »Sensibilisierung für moderne Literatur« zu jonglieren. Ich gebe es zu: Ihr triumphierendes Lächeln, wenn sie sagte »Ich bringe pro Jahr fünfhundert Schüler zum Lesen« ging mir derart auf die Nerven, dass ich nicht anders konnte, als ihre schönen Gewissheiten zu unterminieren: Bist du sicher, sagte ich perfid, dass sie sie gelesen haben, alle sechs Bücher ganz gelesen, nicht nur zwei Drittel davon durchgeblättert, nicht nur den Anfang überflogen, nicht nur das dünnste Buch ausgewählt haben? Ich verschwand, bevor sie mich in Stücke riss, musste noch hören, dass das passionierte Lesen der Jugendlichen sogar auf die Eltern, die Nachbarn, die Freunde, die ganze Stadt, die ganze Region abgefärbt habe. Ich las aus ihrer Aktion einen Vorwurf gegen meinen Pessimismus heraus, wobei die Komplizenschaft von Viola und Ingo mir verdächtig erschien – komischerweise ohne mich eifersüchtig zu machen. Vielleicht war ich zu diesem Zeitpunkt bereits nur noch für Johannas Texte empfänglich, für Johanna selbst, deren graue Augen plötzlich geglänzt hatten, als ich Kafka zitierte. *Ein Buch muss die Axt sein für das gefrorene Meer in uns.* Sie hatte mich überrascht angesehen. Sie schwieg, fuhr aber mit der Zunge über ihre leicht geöffneten Lippen.

Wir sahen Tomatenfelder. Ganz in Schwarz gehüllt, führte eine Frau einen mageren Esel an uns vorbei, Schafe grasten Unsichtbares von der trockenen Erde, Bilder aus weit entfernten Zeiten erinnerten mich an die Illustrationen meines Religionsbuchs in der Grundschule. Wie immer grüßten uns Kinder, als wären wir ein Ereignis (winkte ich nicht als Kind auch Reisenden nach, auch wenn ich jetzt vergessen habe, was uns damals dazu brachte, lächelnd zu winken, eine flüchtige Freundschaftsgeste, die kindliche Geisteshaltung der Unschuldigen, der nicht Blasierten?). Monique trank heute aus ihrer zweiten Wasserflasche, schraubte diese wieder zu und erzählte mir etwas, zeigte auf etwas und tippte mir an den Arm: Hörst du mir zu, Herr Lehrer? Mir fiel ein Märchen ein, das ich meiner Tochter vorgelesen hatte: Ein Python hatte so viele Gazellen gefressen, dass er sich ungeheuerlich aufblähte und sich selbst den Horizont versperrte. Daher bemerkte er den Tiger nicht, der sich schleichend näherte und ihn samt Gazellen auffraß. Mein Ego, erklärte ich Monique, mein Ego ist der gefräßige Python, manchmal sehe ich die Welt nicht mehr. Du musst dich bessern, sagte Monique, aber ich verstehe dich. Ein unglücklicher, verhungerter Python ist nun mal ein unglücklicher, verhungerter Python. Wen hast du eigentlich gefressen? Armut, säuselte Omar ins Mikrofon, armes, karges, hartes Leben, aber auch ein würdiges Leben; was ein würdiges Leben sei, erläuterte er uns nicht.

Und Viola würde sagen, wir schenken dir eine teure Reise, du aber lässt dich von deinen schiefen Fantasien ablenken. Hättest du preiswerter zu Hause haben können. Ich staunte oft, wie sehr meine Frau und meine Kollegen, die sich in geistigen Sphären bewegten, die Wörter Geld, teuer, preiswert, in den Mund nahmen. Zugegeben: Mein Hohn war billig.

Wir näherten uns dem Parkplatz am Berg Nebo. Hier, erklärte uns Omar, ist angeblich der Prophet Moses bestattet. Von dort aus, liebe Gäste, werden Sie Jerusalem und Bethlehem sehen können. Er erzählte knapp von den Ausgrabungen, von einer Basilika aus frühbyzantinischer Zeit. Er zeigte sich heute Morgen zögerlich und fast wortkarg und ließ lange Redepausen entstehen, er strich die Trilogie der Adjektive und reduzierte seine Ausführungen auf die Kurzfassung. Zwischendurch telefonierte er öfter mit besorgter Miene, verteilte dafür leckere Plätzchen und Wasserflaschen und lächelte uns barmherzig an wie ein Pfleger seine Patienten. Dieser Mann, sagte mir Monique, ist zum Verlieben. Bestimmt hat er schon viele Angebote von einsamen Touristinnen ablehnen müssen. Er sieht gut aus, stark, unerschütterlich, tiefe Augen, schöne Zähne, Humor, ein Hauch des Geheimnisvollen, alles was Frauen mögen. Ach wirklich? Ja, wirklich, leider ist Omar ein Führer, diese Art von Männern liebt die Menschheit, aber nicht die eigene Frau.

Ich guckte aus den Augenwinkeln die kleine dicke Madame an, die sich auf die Lippen biss. Ihre Ahnungslosigkeit (oder falsche Naivität?) schien von ihr in letzter Zeit immer mehr abzufallen. Monique, fragte ich, war dein Mann so jemand wie Omar? Eigentlich nicht, antwortete sie, er war klein, schlank, blass, trug eine dicke Brille, denn er war kurzsichtig, ein Woody-Allen-Typ, er hatte aber Erfolg bei Frauen, denn er war geistreich, brillant, er brachte einen zum Lachen. Sie schwieg einen Augenblick und fügte dann hinzu: Und er war für einen Mann ziemlich einfühlsam, er gab jeder den Eindruck, einzigartig zu sein. Seine Masche war es, über psychologische Dinge zu reden. Psychologische Dinge? Ja, erklärte sie, normale Ehemänner machen einen großen Bogen um solche Fragen, psychologische Dinge gehören für sie der Vergangenheit an, als man sich dafür interessierte, welches Sternzeichen der andere hat. Die Frauen aber haben immer noch Hunger nach so was. Mein Mann konnte eine fünfzigjährige Frau beim Nachtisch fragen, was sie gern in ihrem Leben anders gemacht hätte, was sie vor ihrem Tod noch alles erleben wolle, er fragte nach dem schönsten und dem schlimmsten Kindheitserlebnis. Am Ende des Abends liebten ihn die Damen. Vielleicht hat er sich unterwegs in eine Frau aus der Reisegruppe verliebt, eine Frau wie ich, vielleicht hätte ich wie er verreisen müssen, in einer anderen Gruppe, allein, mit Einzelzimmerzuschlag. Wenn ich verreist wäre und ihn in Petra oder Madaba getroffen hätte, hätte er sich vielleicht in mich, eine alleinstehende Frau, verliebt. Ich hätte, ich wäre, ach. Hier haben wir einen Konjunktiv zwei, einen Konjunktiv der Vergangenheit, sagte ich schnell. Erik, versetzte Monique, ist das alles, was wir haben? Ich bin verloren in Sachen Vergangenheit und noch mehr in Sachen Zukunft. Sie tätschelte mir die Hand, die ich ihr entzog, um hineinzuhüsteln.

Auf der Aussichtsplattform des Berges Nebo erzählte Omar die Geschichte von Moses und dem Exodus aus Ägypten, und nicht weit von uns standen andere Gruppen, die synchron auf Englisch und Französisch die gleichen Geschichten hörten. Eine Klasse philippinischer Mädchen plapperte zu laut. Omar schimpfte auf Arabisch. Der Turm zu Babel entstand hier jeden Tag aufs Neue. Eine okulare Migräne bescherte mir Lichtkringel und Sterne. Ich wusste nicht mehr, warum ich diese Reise unternommen hatte, warum ich einfach machte, was meine Kollegen sich für mich gewünscht hatten, ihre ironische Bescherung. Ich folgte phlegmatisch meinen Mitmenschen zur Toilette.

16

Auch später, als alle die Mosaikkarte von Madaba, die älteste Landkarte des Heiligen Landes, bewunderten, wünschte ich mich zum Teufel. Omar erklärte uns, wie kreativ, schöpferisch und erfindungsreich diese Handwerker damals gewesen seien. In den kleinen farbigen Steinchen, rot, weiß, gelb, blau, verfolgt ein Löwe eine Gazelle. Im Jahre 614, erklärte unser Führer, wurde Madaba von den Persern erobert und dann … Mein Gott, sagte Monique, dauernd erobert jemand etwas, eine Stadt oder die Macht, und dann kommt ein Erdbeben und macht alles kaputt. Meinen Mann habe ich erobert und dann lange um ihn gekämpft und dann ist etwas passiert, und dann war alles futsch. Man sollte nicht alles auf sich beziehen, sagte ich streng, das ist unartig. Sie schaute erschrocken zu mir. Ich zeigte ein gütiges Lächeln: Ein wohlerzogener Schüler konzentriere sich auf das Objekt seiner Studien, er habe zu bedenken, wie fantastisch es sei, dass dieses wertvolle Werk uns Reisenden gezeigt werden könne und welches Glück wir Privilegierten hätten, dieses wertvolle Werk leibhaftig zu bewundern, während der Normalsterbliche es höchstens in Fernsehsendungen oder *Geo*-Heften anschauen könne. Der wohlerzogene Schüler hat Fantasie, er macht sich seinen Film, eine Armee von Handwerkern in weißer Tunika, die zwei Millionen Steinchen zu diesen Städten, diesen Landschaften, diesem Löwen und dieser Gazelle zusammenfügen. Der wohlerzogene Schüler macht sich Notizen, und, schlussfolgerte Monique, er denkt, wie kreativ, schöpferisch und erfindungsreich ein solches Werk sei. Wir lachten beide, Schüler aus der letzten Reihe. Wie viele Gazellen hast du in Aachen gefressen?, fragte Monique.

Später fuhren wir zur Kreuzritterburg Kerak, und Omar erzählte von den schrecklichen Kreuzzügen. Millionen Menschen wurden mit Glaubenssätzen eingelullt, sagte er. Ein Mitreisender zog einen mutigen Bogen vom Aufbau Keraks bis zur Zerstörung der Türme des World Trade Center. Religion als Ecstasy des Volkes. Ja, sagte Omar, ja, aber … Er machte schwimmende Bewegungen, als versuchte er, die verwirrten Gedanken zusammenzutreiben, lassen Sie uns jetzt nicht über Fanatismus reden, sonst sind wir morgen noch da. Liebe Gäste, die Festung ist auf dem Mist von Payen le Bouteiller gebaut – l'échanson, sprach links von uns ein französischsprachiger Führer, butler, sprach fast gleichzeitig sein englischsprachiger Kollege –, dem Mundschenk des Königs von Jerusalem. Wir sind im Jahr 1142. Eine Gruppe von Engländern kam uns entgegen, ein Mann im besten Alter umarmte eine sehr junge Frau, die lachend kreischte that's not true!

Ich hörte Johannas dunkle Stimme in meinem Auto, als wir aus der Eifel zurückfuhren. Sie sprach von Wahrheit, von der Echtheit der Gefühle, sagte, es muss doch eine ursprüngliche Fassung der Liebe geben, ein Gefühl, das noch nicht von irgendwelchen verkehrten Gesetzen, vom Zeitgeist verdreht, verfärbt und beschmutzt wurde? Gibt es so etwas?, fragte ich, was sind ursprüngliche Gefühle? Befriedigung vielleicht nach dem Geschlechtsakt, nach dem gestillten Hunger, Johanna? Angst, Wut, Scham sind echt, Bewunderung, Liebe vielleicht nur angelernt. Sie schlug mir auf den Arm, der Wagen machte einen Bogen und ich hielt erschrocken an. Ihnen ist nicht zu helfen, sagte sie, oder? Als Johanna aus meinem Wagen stieg, kam ich mir wie ein verlorenes Stück Steinkohle vor, das nie mehr brennen würde.

Indessen erzählte Omar von einem Rainald von Chatillon, von Belagerungen und Waffenstillständen, von Kreuzzügen der Frauen und Kinder. Ich versuchte mir sterbende Jugendliche vorzustellen, kleine, lumpige, abgemurkste Christen, die mit zu schweren Schwertern Menschen abgeschlachtet hatten; ich spürte leider nur das schwache Echo der Entrüstung eines politisch korrekten Menschen im Touristenoutfit, ADAC-Mitgliedschaft und Reisekrankenversicherung. Omar führte uns in die Küche und die Kerker, zeigte uns lose Steine und erklärte, dass Kerak später von Saladin erobert, dann ebenfalls als Steinbruch gebraucht wurde. Es war in unserem Dorf genauso, sagte Monique, alte Gebäude wurden regelrecht geplündert, um Privatbesitze zu verschönern, nihil sub sole novum, nuschelte ich müde, und Monique, die ihre Schwester wieder losgeworden war, fragte mich, warum ich heute so blasiert tue, und wenn das Lateinisch sei, was ich da vor mich hin murmele, dann wolle sie das übersetzt haben. Ich gestand ihr, mit dem Lateinischen äffe ich einen Freund nach, einen Latein- und Französischlehrer, der meine Frau erobert habe. All diese Ruinen seien nicht sehr aufbauend. Und sie prustete: Ich mag dich echt, wenn du Witze machst. Eine Engländerin rief ihren Mann herunter, der eine baufällige Mauer erklettert hatte, honey, that's dangerous, that's not allowed, und ihr Mann beobachtete sie von oben, wie winzig und witzig sie da mit dem schreienden Mund stand, er hob etwas von der Mauer auf, einen kleinen Stein wahrscheinlich, und zielte damit auf sie, und ich dachte, er will ihr das große Maul stopfen. Ich war, erklärte Monique, eine schlechte Schülerin, weil ich mich schrecklich langweilte, und ich träumte von dem Jungen, den ich am nächsten Samstag in der Disco treffen würde, der Geschichtsunterricht ist mir am Arsch vorbeigegangen, weil ich mich nur für mich interessierte. Schade, nicht wahr? Ja, sagte ich, sehr schade, obwohl … Obwohl was?, fragte sie mit glänzenden Augen, und da ich nicht antwortete: Ein rundes Wort, obwohl, findest du nicht? Eine Konjunktion, Monique, trotzdem schön rund, antwortete sie, ich trauere um meinen Mann, obwohl er mich manchmal mehr als ein bisschen betrog. Es lag in seiner Natur, aus einem Fuchs macht man kein Murmeltier, gut so. Wie nennt man Obwohl-Sätze, Erik? Konzessive Sätze, Monique, man räumt etwas ein, man kann sie umdrehen, diese Sätze, mein Mann betrog mich ein bisschen viel, trotzdem trauere ich um ihn. Monique schien nachzudenken. In der Grammatik, sagte sie schließlich, ist alles wie im Leben, man kann alles umdrehen, und doch bleiben die Tatsachen, wie sie sind, verdrehen kann man nur die Worte, die Fakten nicht, auch nicht die Zeit. Ich war kurz versucht, ihren Arm zu betatschen oder ihr auf die Schulter zu klopfen, so wie sie es gern bei mir tat, denn ich selbst hatte noch nie vor ihr gedacht, wie sehr die Sprache, unsere so flexible Sprache, uns hilft zu verdrängen, dass wir rigid sind und die Zeit linear. Ich unterhalte mich gern mit dir, sagte Monique. Ich mich auch mit dir, sagte ich und steckte die Hände in die Tasche. Der Engländer war heruntergekommen, er zeigte seiner Frau, was er da oben gefunden hatte.

Im Bus schwiegen alle. Rainald von Chatillon und Saladin hatten uns erschöpft. Die beiden rauchten im Jenseits eine Friedenspfeife und wir schlossen die Augen. Monique trank wie immer kleine Schlucke aus ihrer Wasserflasche und das glucksende Geräusch ging mir auf die Nerven. Das Schweigen, die Stille liebte ich schon immer, eine mit meinem Beruf unvereinbare Vorliebe. In einer Klasse ist es nie vollkommen ruhig, sogar bei einer Klassenarbeit hört man Papier rascheln, Stifte und Federn kratzen, Stühle rutschen, Schüler seufzen und murmeln, jemand schnäuzt sich zu laut, einer hustet, Lehrerschritte quietschen auf dem PVC-Boden, und sogar die Anspannung aller Beteiligten knistert. Auch Johanna liebte die Ruhe, wie sie mir bei unserem Spaziergang anvertraute, sie mochte den Nebel auf den dicken Kissen des Schnees, als könnte das Verwischen der Landschaft das Schweigen noch intensivieren. Sobald ihre Mutter nach Hause komme, mache sie das Fernsehen oder das Radio an, sie drehe an dem Programmknopf, bis sie eine männliche Stimme gefunden habe. Sie, Johanna, habe sich als Kind einen Iglu unter dem Federbett gebaut. Weiß ist die Farbe des Schweigens. Es wäre schön gewesen, zusammen zu schweigen, sich gegenseitig stumm aneinanderzukuscheln, bis unser Schweigen all die schlechten und entliehenen Gedanken erdrückt hätte, und es wäre schön gewesen, nur noch die Urgeräusche der Liebe zu hören, und danach wie in einem frischem Schneefeld unsere ersten Gedankenschritte zu wagen.

Wir machten uns in einem malerischen Hotel bei Petra frisch. Ich legte mich einen Augenblick hin und versank in einen Schmöker von Mulisch, *Die Entdeckung des Himmels*, den ich schon zweimal gelesen hatte. Ich lag auf dem Rücken, war zu faul, um meine Lesebrille zu holen und hielt das Buch weit über meinen Augen, alle Buchstaben regneten auf mich, in mich hinein, wischten das Abgestumpfte weg. Viola hatte mir vor langer Zeit an unserem Hochzeitstag das Buch geschenkt und ich ihr ebenfalls. Wir beide öffneten unsere Buchpäckchen am Frühstückstisch und fanden den gleichen Roman. Abends zusammen im Bett lasen wir im selben Rhythmus dieselbe Anzahl an Seiten und störten immer wieder die Lektüre des anderen durch begeisterte Kommentare. Später ließen wir das Buch fallen, und mein Mund glitt zu Violas Unterleib, meine Händen umfassten ihren Po. Sie trug nur ein knappes T-Shirt und die bloßen Rundungen unterhalb des Stoffes ließen eine Welt von Kindheit und Erotik entstehen, die mich wahnsinnig erregten. Irgendwann waren wir ein Ehepaar in Nachthemd und Pyjama, das sich freundlich eine gute Nacht wünscht.

Angenommen, sagte Monique im Restaurant, als wir am Buffet unsere Schalen mit Obstsalat füllten, angenommen, ich würde heute Abend in dein Zimmer kommen, würdest du mich in die Arme nehmen, obwohl ich nicht dein Typ bin und du nicht meiner? Sie schaute angestrengt auf die große Salatschüssel, aus der sie Feigenstückchen herauspickte. Ich glaube nicht, sagte ich, obwohl es mit meinem Typ oder deinem Typ nichts zu tun hat, wir kennen uns nicht genug, und ich bin nicht mehr hungrig nach Liebe.

Liebe? Aber es geht doch nur um Trost. Man kann sich doch nicht selbst trösten, sagte sie, höchstens sich selbst befriedigen, und sie gab ihre Suche nach Feigen auf.

Am Tisch sagte jemand, er habe im Internet gelesen, dass die Jordanier demonstrierten. Omar hatte sich wieder mit dem Busfahrer an einen Einzeltisch gerettet, und wir trauten uns nicht, ihn zu befragen. Man sollte nach Hause, bevor die Gewalt eskaliere, sagte eine Mitreisende, nicht dass es wie in Syrien ausartet! Die Menschen sind ihre Armut leid, sagte Sabrina, aber wir bringen ihnen Devisen, glauben Sie, dass die Bediensteten dieses Luxushotels uns als Geisel nehmen wollen? Sie brauchen unser Geld, nicht unsere Köpfe. Hm, sagte Monique, wenn man wütend ist, überlegt man nicht so sehr, man schlägt zuerst zu, und hitzige arme Menschen machen lieber die reichen kalt, logisch, oder? Absolut logisch, sagte ich. Absolut idiotisch, sagte Nelly. Jordanien ist politisch doch nicht mit Syrien oder Libyen zu vergleichen. Na ja, sagte Monique, die Nelly offenkundig den Rücken zudrehte, wenn man von solchen Unruhen höre, könnten die Flasche von Bouteiller und die Kreuzzüge einen nicht mehr wirklich fesseln. Du kommst vom Hundertsten ins Tausendste, seufzte Nelly. Wie recht du hast, Monique, lachte ich, aber keine Angst, Omar wird uns retten, wenn wir angegriffen werden. Monique öffnete ihre blauen Augen ganz weit, während sich ihr Gesicht so sehr meinem näherte, dass ich ihre zugekleisterten Poren sehen konnte. Ich glaube aber, dass Omar uns hasst, flüsterte sie. Wir sind ihm zu gefräßig. Sollen wir eine rauchen?, schlug ich vor. Wir verließen den Raum, ich hatte richtig Lust, ihr Gutes zu tun, für sie ein lieber großer Bruder zu sein. Du und ich, sagte Monique, du und ich, und sie beendete ihren Satz nicht. Sie blies mit spitzen Lippen und zugekniffenen Augen den Rauch ihrer Zigarette in die Höhe. Wenn ich mutig gewesen wäre, sagte sie, wäre ich allein geflogen, hätte mir die Orte allein angesehen, die mein Mann besucht hat, falls er sie besucht hat, ich bin aber noch kein mutiger Mensch, obwohl ich auch da Fortschritte mache. Habe ich mich überhaupt bei dir richtig bedankt? Ohne dich wäre ich gestern in dieser Brühe … Ach, Quatsch, Monique, ertrinken kann man im Toten Meer nicht. Doch, doch, du hast mich gerettet. Gut, sagte ich, ich habe dich gerettet. Sie hob ihr vom gebleichten Haar umrahmtes, breites Gesicht, das über ihrem schwarzen T-

Shirt wie ein weiß umflorter Vollmond aussah. Dann, sagte sie, bist du für mich verantwortlich. Ja, antwortete ich, aber nur für deinen zukünftigen Lungenkrebs. Nimm doch noch eine. Gern, sagte sie, Gewöhnung ist das halbe Leben, Befreiung die zweite Hälfte, das ist von mir. Sie lachte, aber ihr Lachen klang dünn.

17

Die dritte Deutung von Kafkas *Der Aufbruch* hieß *ICH und DU*. Johanna brachte sie mir nach den Osterferien. Hier, sagte sie, mir ist wieder etwas eingefallen. Aber, antwortete ich, Sie haben doch jetzt eine andere Hausaufgabe bekommen. Wir lesen zurzeit *Die Abweisung*, Sie wissen doch, diese andere Kurzgeschichte. Sicher, sagte sie, das bespreche ich auch noch, aber zurzeit möchte ich mich mit *Der Aufbruch* weiter beschäftigen. Für *Die Abweisung* nehme ich mir später noch Zeit.

Marina und Peter warteten an der Tür auf sie. Ich bemerkte ihre ironischen Blicke. Gut, es freut mich sehr, dass Sie so fleißig sind, sagte ich, ein bisschen zu laut. Ich blieb allein zurück, fuhr mir mit dem Finger über die Falten zwischen den Augenbrauen, spürte ein Kribbeln in den Beinen und konnte mich doch nicht bewegen, wie einer, der wegen seiner Schaufensterkrankheit in eine leere Vitrine starrt.

ICH und DU

Lieber Erik Jansen, ich habe mich gefragt, warum ich so lange über einen so kurzen Text schreiben muss. Warum ich der Versuchung nicht widerstehe, den Text mit meinen plumpen Worten tot zu wälzen, ich kann nicht für alle sprechen, für mich ist es aber so: Man schreibt sich das Echo aus der Seele, das Kafka in einem hinterlässt. Sicher will man auch die Aufmerksamkeit des Lehrers auf sich lenken, der Nachhall dieses Textes aber ist so stark, dass er einem wieder zuruft, diesen in geschriebene Worte zu fassen. Ich möchte nicht pathetisch wirken, doch ist Kafkas Aufbruch ein Aufruf, der, unbeantwortet, einen zerstören würde, bliebe er nicht eine rein literarische Angelegenheit (also nicht so ernst zu nehmen? Sollte man, Herr Jansen, diese Literatur auf die leichte Schulter nehmen?), nur ein Text, nicht wahr, in den man zuerst eindringt und den man zutexten muss, damit er endlich schweigt. Oder auch nicht. Ein Reiter geht. Wir, spinnende Leser, sind seine Eskorte und haben ihn so aus der Einsamkeit gerettet.

Was mich heute beim Wiederlesen besticht, ist der mörderische Dialog, den ich höre. Jedes Wort vibriert in der schmalen Schlucht des Textes, es ist ein Dialog zwischen einem Ich und einem Er, nur einmal taucht ein Du auf, und dieses aus dem Mund des Dieners, der plötzlich seinen Herrn wie einen Vertrauten duzt, obwohl er ihn noch zwei Zeilen zuvor in der dritten Person anredete und uns damit in die Irre führte. In Wirklichkeit – falls man bei Kafka von Wirklichkeit sprechen kann – ist der Diener ein »dümmlicher« Doppelgänger des Herrn. Ich sehe das so: Das dominierende Ich hat den Doppelgänger in sich taubstumm gemacht, den Freund, der immer vorgibt, sein Bestes zu wollen, und unter dem Vorwand, ihn zu ernähren, selbst dieses Beste in ihm auffrisst. Der Diener ist der, der uns bedient, niemand anderes als der Feigling in uns, der unseren Leib mit Nahrung und Bequemlichkeit zustopft und uns daran hindert, sogenannte gefährliche Grenzen zu überschreiten. Der Diener macht sich unentbehrlich und seinen Herrn abhängig, er liebt, verwöhnt, wartet. Der Diener steckt in uns allen, er ist eine kollektive verarmte Seele, der, auch als Diener des Staates (Sie, Herr Lehrer!) und als Diener der Jugend (ja, Erik Jansen), als Diener der Kunst, der Wissenschaft, der Kirche, der Armee, des Kapitals, des Diktators, des Lebenspartners unserem Hang zum passiven Sklaven folgt. In jeden von uns ist der Diener eingebrannt, und wird, falls das Mal einmal verblasst, wieder eingeprügelt. Das Ich im Text hat den Diener, den Freund, mit nur wenigen Worten platt geredet, und wenn man versteht, dass dieser Diener nicht realer, nicht objektiver ist als die Trompete (gegen den Diener triumphiert die Trompete), kann man die Einsamkeit des Reiters ermessen. Um weiterzukommen, muss er sogar diese Einsamkeit ausweiten, indem er alles in sich umbringt, was ihn bremsen könnte, den behinderten und behindernden Diener. Er tötet das Sie und das Du, will nur noch ein Ich sein, er riskiert aber dessen Auflösung, denn in dieser wahrhaft ungeheuren Reise hat er ernste Chancen zu sterben, aber auch aufzuerstehen, wer weiß? Auf jeden Fall kann man nur durch die Auflösung des Dieners ein Ich werden. Liebe Grüße von Ihrer Schülerin.

Ich war aufgewühlt. Musste zunächst an die frische Luft und machte einen Lauf um die Ecke. Dann versuchte ich den Text, vor allem den letzten Satz, als pseudointellektuelle Interpretation eines jungen Mädchens zu sehen. Professionalität wurde von mir verlangt. Ich wollte rational und ruhig denken, meine Ängste, meine Unsicherheit verdrängen, auf keinen Fall wollte ich mich irgendwelchen unvorsichtigen Spekulationen hingeben. Ich musste Lehrergedanken denken, vorbildliche Kommentare formulieren, mir die richtigen Fragen stellen, zum Beispiel: Hat die Schülerin die Aufgabe erfüllt? Welche Aufgabe? Das war doch ganz und gar unklar. Immerhin hatte Johanna in ihrem Brief, denn es war nichts anderes als ein Brief, *Der Aufbruch* schön analysiert und seinen dialektischen Aspekt ausgeleuchtet ... Nebenan übte Viola drei lange Molltöne. Sie blies und blies bis zum Erbrechen in die Klarinette. Alle meine Vorsätze, den Text als freundlich-kritischer Lehrer zu lesen, stürzten innerhalb dieser drei Noten zusammen. Sehnsucht, Angst, Scham. Was wollte die vorgebliche Schülerin mir sagen, die sich angeblich fragte, was der Dichter sagen wollte? Was sollte diese Selbstironie? Sicher will man auch die Aufmerksamkeit des Lehrers auf sich lenken? Durch dieses halb falsche Geständnis, vielmehr eine Art Zugeständnis an einen hypothetischen fantasielosen Leser, schlüpfte sie schnell wieder in das Gewand eines an Literatur interessierten Menschen. Das Spielchen mit den Noten mit ihren lächerlich kleinen Treppenstufen zwischen Eins plus und Sechs minus war ihr schnuppe, die didaktische Art einer Deutung, die förmlichen Regeln einer solchen Aufgabe sowieso, sie offenbarte sich als ein mir ebenbürtiger Mensch, der seine persönlichen Gedanken mit mir als Leser von Kafka teilen wollte. Eine Haltung, die ich nur sympathisch finden konnte, ich, der ich das Nachplappern des Gelernten ablehnte, meine Schüler zum selbständigen Denken erziehen wollte. Mehr nicht? Zeigte sie nicht eher, dass sie nicht den Lehrer einwickeln wollte, sondern den Mann verführen? Aber nein, nein, nein, ihr Brief gab mir nur zu verstehen, dass Kafkas Text sie nicht in Ruhe ließ … ein Aufruf, der unbeantwortet einen zerstören würde. Oder waren Johannas eigene Texte ein Appell, wie Schulpsychologen ihn herauslesen würden: Ein Mädchen, das selbst im Aufbruch steht, wollte indirekt auf ihre bohrenden Sehnsüchte aufmerksam machen. Sie plante vielleicht eine Flucht aus dem Familienkreis (was wusste ich von ihr?), aus dem Schulwesen (indem sie mir Aufsätze ablieferte?). Dass diese Texte eine andere Art von Botschaft enthielten, leicht zu durchschauen, die nicht nur mit Kafka, sondern mit ihr und mir zu tun hatte, wollte ich mir noch nicht eingestehen. Ich hätte vielleicht mit Viola über Johannas Texte sprechen können, das hätte ich aber noch vor der Prager Episode machen müssen, jetzt war es zu spät. Ich hätte nicht die Art und den Ton und das abfällige Lächeln von Viola ertragen können: Ach Gott, die Göre will sich interessant machen, nicht unbegabt die Kleine, aber du solltest dir wirklich diesen vertrauten Ton verbitten, Erik, du weißt, wohin das führen kann, oder?

»Auf jeden Fall kann man nur durch die Auflösung des Dieners ein Ich werden.« Ich las den Aufsatz noch mehrmals, und beim letzten Satz wurde ich von einer Makula befallen, als nähme ich während einer Autofahrt nur die Straßenränder wahr, nicht die Fahrbahn selbst. Klar ging es in diesem Satz nicht um ein Zitat aus der Phänomenologie des Geistes, Hegel war keine Lektüre für ein Mädchen aus der zwölften Klasse. Johannas philosophische Bildung erlaubte ihr zwar schon, dialektische Züge eines Textes wahrzunehmen, viel mehr aber nicht. Es ging hier einfach um eine persönliche Botschaft, und das konnte ich nicht ignorieren, auch wenn ich mich um Unaufrichtigkeit sehr bemühte: Sie hatte mich also als Diener des Staates und der Schule bezeichnet. Ob sie mir den Rat gab, den Diener, den Lehrer in mir aufzugeben? Für sie aufzugeben? Oder ging es um sie? Sie wollte als Dienerin des Systems nicht mehr hergeben, als gehorsame Schülerin? Oder, schlimmer noch: War in diesem Satz nicht eine Selbstmorddrohung verborgen?

Die Zauberkunst, sich selbst in die Tasche zu lügen, ließ mich als großer Beschützer wiedererstehen. Johanna, sagte ich mir, gehe es schlecht, ja, ich sei mir dessen sicher, und ich solle aufhören, über ihren Text nachzugrübeln, um unmittelbar zu handeln, ihrem Hilfeschrei nachzugehen, mich mit ihr über all dies zu unterhalten. Sofort. Ich rief sie an. Und jetzt sagte sie ja, okay, gern, ja gut, am Samstag könne sie sich frei machen, am Samstagnachmittag. Sie können mich zu Hause abholen, wenn Sie wollen. Meine Mutter ist sowieso nicht da. Sie können aber Ihren Eltern Bescheid sagen, erwiderte ich und wusste, sie würde es nicht tun. Ich wärmte mir noch eine Weile die Hände am Handy. Warum Samstag, ein freier Tag? Da musste ich Viola irgendeine Beschäftigung vorlügen. Johanna nutzte also die Abwesenheit ihrer Mutter aus. Uns beiden war klar, dass dieses Treffen kein unschuldiges Treffen war. Meine Lehrermaske lag mir schief und lädiert auf der Nase.

18

An dem Freitagnachmittag vor meinem Treffen mit Johanna beschloss ich, die Galerie ihrer Mutter aufzusuchen, vielleicht um mich anders in ihr Leben einzuschleusen, vielleicht aber auch, um mich zu schützen: Die Bekanntschaft ihrer Mutter würde mir helfen, Johanna wieder als Kind zu sehen und nicht als einsam treibende Schiffbrüchige. Aus welcher obskuren Motivation auch immer, ich musste zu dieser Galerie. Und doch fürchtete ich mich vor diesem Schritt, rechnete mehr oder weniger bewusst mit der Abwesenheit der Mutter, hoffte, ich könnte inkognito die Bilder ansehen, aufgrund der Malrichtung und des Talents der Malerin interessante Schlüsse ziehen, welche war mir unklar, denn wie kann man aus der Arbeit einer Malerin ihre Muttereigenschaften herauslesen? Schlüsse auf das Leben ihrer Tochter? Falls die Galerie offen war und die Malerin anwesend, würden wir uns nur über ihr Werk austauschen, ich würde Kommentare zu den hängenden Bildern riskieren, als wäre ich ein interessierter Käufer oder mindestens ein Liebhaber der Malerei. Die Stimme, die Art, wie sie von ihren und fremden Bildern sprach, würde mir sicher mehr Informationen liefern. Leidenschaft, Egozentrik, Warmherzigkeit, Melancholie oder Heiterkeit, Mangel oder Überfluss an Intelligenz, Selbstüberschätzung, Eitelkeit, Bescheidenheit, alle diese Eigenschaften lassen sich leicht in einem Gespräch über Kunst erkennen. In meiner Feigheit hoffte ich aber insgeheim, dass irgendein Verkäufer oder eine Verkäuferin die Galerie betreuen würde.

Auf dem Fahrradweg war es in mir breiig und warm und klebrig, als wendete und drehte sich eine fette Schlange in meinem Bauch. Schämte ich mich für die verbotene Tat, die ich nie begehen würde, die aber begehbar war? Das Treffen mit Johanna eröffnete mir eine Möglichkeit, die ich zwar nie nutzen würde, sicher konnte ich jeder Versuchung widerstehen, doch andere hätten leichtes Spiel, die Begegnung als ersten Schritt zu einer Liebesbeziehung zu deuten. Ich trat in die Pedale, schwitzte, wäre beinahe auf einem Kofferraum gelandet, weil der Autofahrer vor mir vor einem Plakat – Mädchen in G-String – plötzlich bremste. Ich zermalmte weiter meine scheinheiligen Argumente: Ich sei nicht für meine Gefühle verantwortlich, nur für meine Handlungen und ... Violas Lachen unterbrach den Fluss meiner Rechtfertigungen, sie wagte einen schiefen Vergleich: Einer, der eine Bombe herstellt, bringt sie nicht unbedingt zur Explosion und doch trägt er eine Schuld. Ich kenne mich aber, antwortete ich, und fuhr über eine rote Ampel, als ein Mensch, der das tut, was er tun darf, und sich dem entzieht, was ihm nicht zusteht. Ein Autofahrer hupte und zeigte mir den Vogel. Violas Spott saß mir im Nacken und ließ mich kräftiger in die Pedale treten. Wenn ich mich an die Regeln hielte, dann nur, weil ich um meine Karriere bangte, um die Reaktion meiner Frau, um juristische Folgen, es gehe um Angst vor der öffentlichen Bloßstellung. Es stimmte. Ich hatte nie verstanden, warum ein siebzehnjähriges Mädchen ihre ersten sexuellen Erfahrungen nicht mit einem älteren Mann haben durfte, wenn sie sich das wünschte. Auch wenn dieser Mann ihr Lehrer war. Viola schnitt Grimassen in meinen Gedanken, erinnerte mich an unsere Hadrian-und-Antinoos-Diskussion. Mein armer Erik! Du verirrst dich! Ich verirre mich? Unsere Gesellschaft kniete vor dem Gott Puritanismus, dem schizophrenen Gott mit dem Janusgesicht, sie erlaubte aber, dass Mädchen ihren Nabel zur Schau stellen, dass Jungen mit Schlotterhosen ihren Hintern halb entblößen (natürlich nicht in der St.-Theresa-Schule). Dabei wunderten sich alle, wenn erschrockene muslimische Mädchen, die sich die Arschspalten ihrer gebückten Klassenkameraden ansehen mussten, freiwillig ihre Haarscheitel verschleierten. Wir erlebten, verdammt, eine Zeit von Entschleierungen und Verschleierungen in allen Extremen. Zehnjährige schauten sich im Internet pornografische Filme an, Vierzehnjährige nahmen die Pille mit dem Segen der Eltern, Schülerinnen bekamen am Montag die Pille danach (natürlich nicht in der St.-Theresa-Schule), aber der verführte oder verführende Lehrer eines reifen Mädchens blieb ein Tabu. Nun, ich sagte es schon, ich bin ein Feigling, selbst im Alter von vierzehn Jahren habe ich nichts Verbotenes machen können. Mein Wunsch nach Lob und Anerkennung hat mir auf jeden Fall das Leben immer erleichtert. Möglich auch, dass mich noch nie etwas Verbotenes stark genug angelockt hatte.

Ich stand vor der Galerie und hatte weiche Knie. Ich öffnete die Tür und es erklang ein heller Signalton, der noch nachhallte, als ich in einem Raum stand, dessen Boden von gelbem glänzenden Linoleum bedeckt war. Ich war der einzige Besucher und der einzige Mensch in der Galerie. Ein kleiner Schreibtisch und ein Stuhl standen unbesetzt in einer Ecke. Auf der Schreibtischplatte ein Gästebuch und ein Stoß Blätter. Die Preisliste.

Auf den sechs Werken an den Wänden, großformatige Ölgemälde, verliefen warme sandfarbene Kurven in Windungen. In der rechten Ecke jedes Bildes war die Signatur schlecht zu lesen. Dennoch konnte ich ein L entziffern, Limbach war der Name von Johannas Mutter. Wüstenlandschaften? Nackte Körper? Auch wenn sich von einem Bild zum nächsten die runden Linien anders bewegten, diverse Wölbungen aufwiesen, mal betonter, mal nur leicht und kleiner, wenn sich Farbschattierungen unterschieden, war es immer wieder dasselbe Bild, das verschiedene Ansichten einer einzigen Landschaft zeigte, eine Einladung zum Meditieren oder Sichverlieren. Ich vertiefte mich in das Bild, das gegenüber des Schaufensters hing und am besten beleuchtet war, und konnte nicht entscheiden, ob die körnige Materie, die so lebendig wirkte, Haut oder Sand darstellen sollte. Das Auge verweilte gern in diesen friedlichen und sinnlichen Formen, die sich je nach Abstand des Blickes langsam veränderten. Man spürte die Wärme dieser Landschaften, gleichzeitig Weite und Nähe, und bekam

Lust, mit der Fingerspitze über die dunkleren Linien zu fahren, seine Wange an dieses Sandkissen zu legen, Dünen oder weibliche Körper, das spielte wahrscheinlich keine Rolle, es sei denn, die Intention der Malerin bestand eben in der Identifikation der Landschaft mit dem Körper. Es waren auf jeden Fall Bilder, die einen anregten, die Krawatte zu lockern, den obersten Knopf des Hemdes zu lösen, in diesem sanften Licht zu baden. Ich hörte das Rauschen eines Vorhangs und sah, dass eine zierliche Frau aus einer kleinen Tür herausschlüpfte, die ich übersehen hatte. Hallo, sagte sie nur. Ich räusperte mich und erwiderte die Begrüßung. Lassen Sie sich Zeit, sagte die Frau, und wenn Sie Fragen haben, ich bin da hinten, Sie brauchen nur zu rufen. Ich zeigte auf die Bilder: Sie sind die Malerin? Ja, lächelte sie, ja, Veronika Limbach. Ihre Hände waren mit grüner Farbe befleckt. Ich sehe, sagte ich, dass Sie in Ihrem jüngsten Werk andere Farben benutzen. Ja, antworte sie lächelnd, ich male zurzeit grünes Zeug, mir gefällt es aber nicht wirklich, es war verfrüht, ich denke, dass ich mich wieder gelben und rotbraunen Tönen zuwenden werde. Sie meinten, sagte ich, eine Abwechslung zu brauchen. Ja, lächelte sie, so was in der Art, eine blöde Idee, man muss malen, was man malen muss, solange man es muss. Wie beim Schreiben, sagte ich, nur was in einem keimt, entfaltet sich harmonisch. Sie haben etwas mit Literatur zu tun?, fragte sie. Und ich: Ach, so wie man's nimmt. Sie trug einen langen Hippierock über schwarzen Leggins, die ihre weißen Fesseln frei ließen, und ein schwarzes T-Shirt. Kein Schmuck. Noch jung, schlank, schön, ich mochte das Glänzende ihres Blickes. Ihre Lippen waren links ein bisschen schmaler als rechts, was ihr vielleicht einen leicht verbitterten Zug verlieh, der beim Lächeln verschwand. Dieses Lächeln erleuchtete ihr Gesicht und gab ihm etwas kindlich Fröhliches. Diese Metamorphose hielt, nachdem sie wieder ernst wurde, noch eine Sekunde oder zwei an. Dann löschte sich das Licht und nur ihr rötlich gefärbtes Haar schien noch zu leuchten. Ich lasse Sie in aller Ruhe die Bilder betrachten, sagte sie, lassen Sie sich Zeit.

Ihre Stimme klang tief, eine Raucherstimme. Ich überlegte, fast panisch, wie ich sie noch aufhalten könnte. Können Sie, fragte ich, etwas zu den Bildern da sagen? Gern, aber lassen Sie sie zunächst auf sich einwirken. Ich komme gleich wieder.

Sie war keine aufdringliche Verkäuferin ihrer Bilder, oder sie war sehr geschickt.

19

Liebe Gäste, sagte Omar während die Reisebegleiterin uns zählte, sich verzählte und wieder zählte, liebe Gäste.

Wir sind unterwegs zu der großartigen Stadt Petra, der Stadt der Nabatäer.

Seht ihr diese Rillen, diese Einkerbungen in dem Fels, das sind ehemalige Bewässerungskanäle. Trinkwasser wurde durch Terrakotta-Röhren in die Stadt geleitet. Auch Aquädukte haben die Nabatäer also schon gebaut, eine fantastische, wunderbare, erstaunliche Arbeit. Omar gab sich Mühe, das Interesse zu kanalisieren und versuchte, ein Leuchten in blasierten Augen zu entfachen. Ich schaute ihn an, den Kollegen, der jede Woche mit diesem Schwung vom Trinkwassersystem um Petra herum erzählte und schämte mich, dass ich nur die Hälfte seiner Ausführungen mitgekriegt hatte, weil ich mich immer wieder von eigenen Gedanken ablenken ließ. Die Menschheit teilt sich in Unterrichtende und Unterrichtete – wie in dem Mikrokosmos Schule. Ich musste mich daran gewöhnen, nur noch ein Zuhörer zu sein, einer, der Informationen, Ratschläge, Mahnungen von Omar und von anderen (meinem Installateur, dem Typ von der Arbeitsagentur, meinem Arzt und so weiter) bekommen würde. Ich gehörte zur Zielgruppe ihrer persuasiven Sprache, wie früher in der Kindheit und in der Jugend. Ich würde bewertet, motiviert, belohnt, getadelt werden. Man würde sich um mich kümmern.

Wir liefen jetzt durch den engen ockerfarbenen Siq und hoben die Augen zu den bizarren Formen der Felsen. Wir schützten uns, so gut wir konnten, vor dem Sandstaub, den die Kutschen und Reiter aufwirbelten. Wir waren zu spät nach Petra aufgebrochen, man hätte um sieben Uhr hier sein müssen, und trotz des Schattens, den uns hohe Felswände spendeten, schwitzten wir. Omar hielt aber zu oft an, erzählte zu viel, erzählte mahnend, wie eine Gruppe Touristinnen aus Frankreich hier von der Flut mitgerissen worden war, weil sie sich bei drohendem Gewitter unbedacht zu einem Besuch des Siqs entschlossen hatte. Sie sehen, liebe Gäste, wie steil eingeschnitten der Siq ist, da war keine Rettung möglich. Er erzählte auch vom semitischen Volk der Nabatäer, von der Blütezeit und vom Niedergang Petras, er zitierte Lawrence von Arabien: Jede Zeile verblasse vor der Realität der Stadt, man müsse es selbst erleben. Wir standen müde um ihn herum, ungeduldig weiterzugehen, ans Ziel zu kommen, das versprochene Weltwunder mit eigenen Augen zu sehen. Er merkte unsere Ungeduld und amüsierte sich darüber, liebe Gäste, der Weg ist das Ziel, und schaute zu mir herüber, als hätte er von den Scherereien erfahren, die mir dieser Spruch vor einigen Jahren verursacht hatte. He, wieso das denn?, versetzte ein Junge aus der Achten. Wenn ich Fußball spiele, ist nicht das Herumkicken auf dem Rasen das Ziel, sondern das Tor! Ich will nicht nur spielen, ich will gewinnen! Und wenn ich lerne, meinte eine Altkluge, dann nur selten um des Lernens willen, sondern um eine gute Note zu haben, um studieren zu können, also ist das Lernen ein Weg, ein Mittel zum Ziel. Und ein Luftikus: Und wenn ich zur Schule gehe und der Weg zur Schule und nicht die Schule selbst das Ziel wäre, Herr Jansen, dann wäre ich heute noch nicht angekommen (großes Gelächter). Ich antwortete, Spiele und Arbeit böten eben einzelne, erreichbare Ziele im Leben, seien aber nur Teile eines Lebensinhalts, Etappen eines Lebenswegs, nicht der ganze Lebensweg, der aus allen diesen Teilen bestünde, erst wenn man am Ende eines Lebens zurückschaue, könne man also sehen, wie sinnvoll all die Beschäftigungen und Beziehungen waren, dass gerade sie sich lohnten, also den Sinn des Lebens enthielten. Aber, sagte die Altkluge, in unserer Religion ist das Leben ein Weg, den man beschreiten soll und so sittlich und gut wie möglich, damit man zu dem eigentlichen Sinn, dem Reich Gottes, kommt, also

Ihr Spruch gilt nur für Nichtgläubige, die nicht an ein Leben nach dem Tod glauben. Hm, eine Frage des Glaubens, ja, gab ich knapp zu. Und ein Weg, der ins Nichts führt, Herr Jansen, ein Scheißleben, das nur zum Grab führt, was war das, eine Sackgasse?, fragte noch einer, Herr Jansen, brauchen denn die Menschen nicht ein Paradies als Ziel? Sagen Sie auch diesen Menschen, dein beschissener Weg war dein Ziel?

Ich wurde zwei Tage später zu Herrn Wittkopf bestellt, Eltern hätten sich beklagt, dass ich mit einem konfuziusangehauchten Lebensmotto den Glauben ihrer Kinder und auch deren Zielstrebigkeit unterminiere. Man wisse zwar von den Übertreibungen der pubertierenden Schüler und von ihren falschen Auslegungen der Fakten und der Lehrerworte, es gebe allerdings keinen Rauch ohne Feuer. Ich solle in Zukunft vorsichtiger sein, niemals vergessen, dass ich in einer katholischen Schule unterrichtete. Schon bei dieser ersten Zurechtweisung von Wittkopf verzichtete ich darauf, mich zu rechtfertigen, es war bei ihm sinnlos. Natürlich Herr Doktor Wittkopf, natürlich, es tut mir leid, dass die Schüler mich so missverstanden haben. Ein Missverständnis. So habe ich es auch den Eltern erklärt, Herr Doktor Jansen, aber bitte, passen Sie auf, was Sie unseren jungen Leuten erzählen.

Am Ende der Schlucht hätte mir die »atemberaubende Fassade des Schatzhauses« wirklich den Atem geraubt, wenn nicht zu viele Ansichtskarten und zu viele Dokumentarfilme meine Begeisterung schon im Voraus ein bisschen gedämpft hätten. Das Kauen der Kamele erinnerte mich an Gregor, einen stets kaugummikauenden Schüler, einen langen Typen mit dünnem Haar und hoher fliehender Stirn, der mich jede Unterrichtsstunde mit einem abwesenden und arroganten Blick fixierte, den Ellbogen auf dem Tisch, den Kopf in die linke Hand gestützt. Ich glaube, er war das mit dem beschissenen Leben, das im Grab endet. Kleine staubige Kinder, die in Scharen um uns herumliefen, versuchten mit zwei Worten Englisch (two dollars), uns Ansichtskarten zu verkaufen, sie wedelten uns damit unter der

Nase, kamen und gingen, kreisten uns ein. Touristinnen wollten ihnen das Haar streicheln und zogen aus Furcht vor Läusen die Hand zurück. Die kleinen Kartenverkäufer waren fast alle schön und schlank (in allen meinen Klassen, sagte mir eine Kollegin, habe ich mindestens einen Fettsack) und hatten riesige Augen, Beduinenkinder, erzählte Omar, der einige aufdringliche Jungen verjagte. Dann teilte sich unsere Gruppe. Die Mutigsten wollten zum Kloster Ad Deir hinaufklettern und machten sich sofort mit Omar auf den Weg. Darunter Monique, was mich davon abhielt, mitzugehen, aus Angst, dass sie nach den ersten hundert Stufen Atem schöpfen und sich an mich klammern würde, bitte Erik, warte auf mich. Ich konnte mir gut vorstellen, dass sie mir von ihrer eigenen Wasserflasche anbieten würde. Nun, wenn ich nicht mitlief, dann auch, weil ich träg geworden und mir den Sommer über auf der Couch ein Bäuchlein gewachsen war. Die weniger Mutigen konnten sich einfach das Theater ansehen oder zu den nächsten Höhlen klettern oder die Seele baumeln lassen, so Sabrina, die ich wegen solcher Ausdrücke auf einmal verabscheute. Wir werden uns alle am Bus treffen, spätestens um fünf, hatte Omar gesagt, es ist dann schon Nacht, bitte pünktlich sein, damit ich mir keine Sorgen machen muss!

20

Ich blieb eine Weile allein in der Galerie, schaute mir noch einmal die Werke an und suchte vergebens ihre Titel. Ich hatte eine Preisliste vom Schreibtisch genommen und wanderte von einem nummerierten Bild zum nächsten. Ich spielte den fachkundigen Käufer, wusste aber nicht recht, was ich von diesen Bildern halten sollte. Die Dünen (falls es Dünen waren) übten zwar wie erwähnt eine gewisse Faszination aus, die Formen sangen und bewegten sich in harmonischen Kreisen, ja, diese fließenden, weiblichen Körper, diese Sandrücken und Sandgewänder waren mal tanzende Derwische, mal sich umarmende Körper. Schatten, die diese Strukturen umspielten, gaben keine Auskünfte über die Richtung einer hypothetischen Sonne, sie schufen nur ein Relief und trugen zur Verankerung der Welt im Raum der Dunkelheit bei.

Als die Malerin wieder erschien, überlegte ich, ob ich die tanzenden Hügel, das Bild, das der Tür gegenüber hing und mich an Derwische erinnerte, kaufen sollte. Ich wusste, dass der Begriff Derwisch mit einem Wort verwandt ist, das Tor oder Türschwelle bedeutet. Ich fragte die Malerin, wie sie selbst ihr Werk interpretiere, und fürchtete schon, sie würde die stereotypen faulen Antworten geben, die man von abstrakten Malern oft zu hören bekommt, man überlasse es dem Betrachter, in dem Werk zu sehen, was er in sich selbst finde, denn dieses Abstrahieren aus den Formen der Natur, dieses Spiel der Farben sei ihm, ihr, dem Künstler, der Künstlerin, ein Spiegel der eigenen Seele gewesen, ein Spielfeld der Emotionen und Visionen. Jeder dürfe also eine sehr persönliche Interpretation wagen. Veronika Limbach überraschte mich: Die Mutterschaft, gab sie an, ich wollte Mütter als sandige und sonnige Erde, als Urschöpferinnen darstellen. Ich habe da weibliche Kurven und schwangere Bäuche gemalt.

Wissen Sie, ich praktiziere eine konzeptuelle Kunst und versuche, meine Sicht der Dinge gleichsam bildlich und abstrakt darzustellen. Sie lachte auf, ihre Augen glänzten, ihre Hände hatten einen Zipfel ihres T-Shirts geschnappt und zwirbelten den Stoff auf eine kindliche Art zusammen. Sie hatte sich die Hände gewaschen, doch sah man um die Nägel herum noch Spuren der grünen Farbe. Alles an dieser Frau wirkte jung, sogar kindlich, ihr Blick heischte nach Sympathie. Johanna wirkte reifer. Identifizieren Sie sich als Mutter mit ihren Bildern? Nein, antwortete sie sofort, und lächelte ihr zauberhaftes Lächeln, ich sehe mich mehr als Mutter meiner Bilder, auch wenn ich die Mutterschaft darstellen wollte, war es vielmehr die Mutterschaft als Urkraft, Urquelle des Lebens und Mutter der Schöpfung. Bescheiden war sie nicht.

Ich sagte, ich sei mit dem Fahrrad unterwegs, wolle aber das Bild so schnell wie möglich abholen, wenn es ging, heute noch. Ich könnte in ein oder zwei Stunden mit dem Auto zurückkommen. Gern, sagte sie, ich habe dafür einen Ersatz. Die Wand darf ja nicht leer bleiben! Sie stieß wieder dieses kindliche Kichern aus, stieg schwunghaft auf einen Hocker und klebte einen roten Punkt neben das Bild. Sie haben Geschmack, sagte sie, Sie haben direkt das Beste ausgewählt. Ihre weißen Fesseln leuchteten zwischen Leggins und Ballerinas. Dann stieg sie wieder herab, ihre Füße berührten das gelbe Linoleum. Ich gab ihr hundert Euro Anzahlung und meine Adresse. Mein Name sagte ihr anscheinend nichts. Mutter und Tochter lebten in zwei ganz verschiedenen Welten.

Viola wunderte sich, dass ich ein Bild gekauft hatte, ohne sie mitzunehmen, ohne zu wissen, ob auch sie das Bild mochte und ob es zu unserem Haus passte. Ich erzählte, ich hätte zufällig in einer kleinen Galerie gestanden und mich in ein Bild verliebt. Ich log sie auch über den Preis an, sie hätte nicht verstanden, dass ich für dieses Bild so viel Geld ausgeben wollte, und wahrscheinlich hätte sie recht gehabt.

21

Johanna wartete vor dem Haus ihrer Mutter. Sie öffnete die Wagentür und reichte mir zwei Blätter, ihre vierte Deutung von *Der Aufbruch*. Und ich dachte: wie dem Busfahrer den Fahrschein. Legen Sie es ins Handschuhfach, sagte ich, wir werden es nachher zusammen lesen. Sie lachte: Nein, nein, nehmen Sie sich lieber Zeit, heute Abend oder morgen. Bei dem Satz hörte ich Veronika Limbach. Johanna war ein hübscheres Abbild der Mutter. Ich fragte, ob ihre Eltern samstags arbeiteten. Sie erklärte mir, ihre Eltern seien getrennt. Ihre Mutter lebe seitdem praktisch in ihrem Atelier. Ich musste eine betroffene Miene aufgesetzt haben, denn sie warf lachend hin: Das ist für mich kein Drama. Ich genieße meine Freiheit. Meinen Vater sehe ich ab und zu, wenn wir beide Lust dazu haben, eigentlich nicht oft, und mit meiner Mutter verstehe ich mich ganz gut, da wir uns ebenfalls kaum sehen. Ach, sagte ich. Dann sprachen wir über das Schweigen und über den Fernsehtick ihrer Mutter.

Unser Treffen habe ich in einem Foto festgehalten: Sie sitzt im Gras, knabbert an den Fingernägeln. Ihre großen Augen schauen ins Objektiv, das Blau der Iris wurde durch die schwarzen Wimpern verstärkt, sie hatte sie schwarz getuscht. Es war das erste Mal, dass ich bei ihr einen Versuch der Verschönerung beobachtete. Auf dem Bild guckt sie vorwurfsvoll und schelmisch zugleich. Zwischen uns liegt mein Schatten, der einzige Beweis unserer Begegnung. Sie wolle nicht fotografiert werden, sagte sie, auf ihrem Gesicht aber strahlt eine Art fröhliche Herausforderung. Das Haar ist nach hinten zusammengebunden und entblößt auf ihrer Stirn eine schmale Denkfalte. Eine blaue Eichelhäher-Feder hatte ich am Fuß des Baumes aufgelesen und ihr gegeben. Sie hatte sie in die kleine Brusttasche der weißen Bluse gesteckt, der leichte, sehr dünne Stoff auf ihrer Brust ließ die Feder schemenhaft durchscheinen. Sie solle ihr Glück bringen, sagte ich, und Trost, falls sie eines Tages Trost brauche. Und sie fragte, ob ich vorhätte, ihr Kummer zu bereiten. Die billige Jeansjacke, die sie über der Bluse trug, hatte sie offen gelassen. Ihr kurzer Rock gab ihre langen weißen Beine frei. Bis jetzt hatte ich nur Jeans an ihr gesehen. Nein, antwortete ich, aber wir wissen beide nicht, was das Leben mit Ihnen vorhat. Es war Frühlingsanfang und die Luft noch frisch. Haselnusssträucher winkten mit gelben Kätzchen. Das Gras glänzte um uns herum und beugte sich unter der Brise. Das wellige Grün ließ die Welt schwanken. Voll von einer längst verschwunden geglaubten Energie hob ich die Arme in die Höhe, als wollte ich die Erde wieder ins Gleichgewicht bringen. Sie sind glücklich, stellte Johanna fest, und es klang Überraschung in ihrer Stimme. Ja, Sie auch? Noch nicht ganz, ich stehe so auf der Kante, aber ja, es weht mir ein bisschen Glück um die Nase. Oft spüre ich dieses Halbgefühl, als wäre ich noch im Wald, aber gleich am Waldrand, und spüre schon die Sonne. Sie drücken sich nicht wie eine Jugendliche aus, sagte ich. Ich würde wetten, dass Sie nicht nur Kafka-Interpretationen schreiben, sondern auch Gedichte oder Geschichten. Fast alle Mädchen machen das, sagte sie, auch einige Jungen, das ist nicht gerade originell, die meisten bloggen oder chatten bei Facebook oder bei schülerVZ herum. Ich fragte, ob auch sie blogge. Ja, fast täglich blogge sie. Sie brauche dieses Schreiben, um ihre Gedanken zu verankern. Sie habe einige Leser. Facebook lehne sie ab. Eine trübselige Farce. Die Globalisierung des Selbstschauens. Verraten Sie mir die Adresse Ihres Blogs? Sie schreiben wirklich sehr gut, und ich würde mich freuen … Aber nein, sagte sie, das ist mein Geheimgarten, ganz anonym, unbetretbar sogar für meine Freunde, erst recht für meine Lehrer. Haben Sie Freunde?, fragte ich.

Wir waren aus der Stadt gefahren, um in der Eifel einen Spaziergang zu machen, sie hatte nicht gefragt, wohin wir fuhren, und als ich sie fragte, wohin sie am liebsten wollte, lachte sie:

»Nur weg von hier«, und auch ich kicherte albern. Ich schlug vor, zum Rursee zu fahren, gern, antwortete sie, wir fahren ja sowieso nicht wegen der Landschaft raus. Ja, aber, begann ich, und hoffte, mein Eintagesbart verberge meine Röte. Sie kenne den See gut, unterbrach sie, früher als Kind sei sie oft mit ihren Eltern hingefahren, sonntags, sie hätten in einem Restaurant in Rurberg gegessen und seien dann am See entlang spazieren gegangen, nie so lange, Gott sei Dank, langweilig sei es gewesen, einige Male habe ihr Vater den Vater gespielt und ihr gezeigt, wie man flache Steinchen über die Wasseroberfläche hüpfen lassen kann. Die Mutter habe die Mutter gespielt und mit überkreuzten Armen und sanftem Lächeln dem Spiel zugesehen, lange genug, eine halbe Stunde, da sei Johanna sieben oder acht gewesen. Einmal hätten sie ein Ruderboot gemietet. Diese Sonntagsausflüge hätten bald aufgehört. Meine Eltern arbeiteten viel, sie hatten nicht viel Zeit. Ihre Stimme klang nicht traurig, sondern sachlich, vernünftig. Ich schaute geradeaus auf die Straße. Als wir ausstiegen und am See entlanggingen, versuchte ich über ihre Kafka-Texte zu sprechen, Texte, die ich Essays nannte, warum, fragte sie, sollen wir unbedingt darüber sprechen? Wir beschäftigen uns beide genug mit dieser Geschichte. Ich errötete wieder. *Der Aufbruch* ist anscheinend für Sie ein wichtiger Text, stotterte ich, ich möchte wissen, warum er Sie so beschäftigt … Herr Jansen, wollen Sie ewig und überall Lehrer bleiben?, fiel sie mir ins Wort. Ich bin doch als Lehrer da, erwiderte ich. Sie lachte, ihr Lachen klingt noch in meinem Gedächtnis als ein frischer frühlingshafter Wirbel, Silberglocken ohne Ende, die alle guten Vorsätze und Selbstlügen schmelzen ließen. Ich überhörte nicht den Spott, eine Spitze Hohn, die aber die fröhliche Zärtlichkeit, die darin lag, nicht trüben konnte. Haben Sie mir die Ohrfeige verziehen?, fragte ich, und spürte, wie mein Geschlecht sich versteifte. Ach, sagte sie, Sie fragen überflüssige Dinge. Sie lief jetzt ganz nahe bei mir, und ich spürte die Wärme ihres Armes, fürchtete, wünschte, dass sie nach meiner Hand griff, wünschte und fürchtete so sehr, dass mir die Beinen versagten. Ich blieb stehen: Wir wollen also nicht über Ihre Kafka-Deutungen reden?, fragte ich noch mit rauer Stimme, weshalb treffen wir uns dann? Sie schaute überrascht, als verstünde sie mich nicht. Ich sah auf ihren leicht geöffneten Mund, als enthielte er die einzig wahre Welt, die es zu betreten galt, und dachte darüber nach, was ich alles falsch sagen und machen würde, wenn ich weitersprâche und weiter bei ihr blieb. Heute nicht, antwortete sie, ein anderes Mal, wenn Sie alles zusammenhaben. Eine liegt ja in dem Handschuhfach Ihres Autos. Sollen wir den kleinen Weg da hochgehen? Den kenne ich noch nicht. Ich auch nicht, sagte ich, aber er führt wahrscheinlich nur zu irgendeinem Zaun, einem verschlossenen Feld, nirgendwohin, und hier ist der See so schön unter der Sonne. Ach, sagte Johanna, da latschen zu viele Leute mit ihren blöden Hunden, und der See sieht noch schöner von oben aus. Wir bogen in den kleinen Nirgendwohin-Weg ein, und ich hatte das Gefühl, ohne Übergang in einen anderen Teil meiner Geschichte zu geraten, als fehlte ein Blatt zwischen zwei Episoden. Ich schaute sie an, wie sie jetzt vor mir lief, lebhaft, entschieden, und spürte, dass sie mir überlegen war, dass ich einerseits auf der Hut sein musste und gleichzeitig, dass ich in sie ein unbegrenztes Vertrauen haben durfte. Ja, es war widersprüchlich und mein Herz schlug in diesem Spagat, ich folgte ihr gehorsam, ihre blassen, nackten Beinen zeigten mir den Weg, und mein Geschlecht pochte in der Hose. Es roch nach frischem Gras, nach Erde. Ich versuchte an Viola, an Herrn Wittkopf, an meine Tochter zu denken, ich stellte mir ein Bild von Kafka vor mit den riesigen, dunklen, umrandeten Augen, rief schließlich ein Bild meiner Eltern auf, das ich schon öfter strapaziert hatte, um eine unpassende Erregung zu ersticken (sie beide in ihrer mit Kaffekannen-Muster tapezierten Küche aßen abends ein Wurstbrot, meine schweigsame Mutter in ihrem Kittel, einem sie einengenden Panzer, der sie vor jedem Versuch, eine andere zu sein, schützen sollte, und mein Vater, der nach seiner Flasche Bier ungeniert rülpste, den rohen Schinken abschnitt und einen

Finger der linken Hand auf den Schinken legte, während die andere Hand das Messer bewegte). Und ich schaffte es, die Krümel auf dem Wachstuch zählend, mich zu beruhigen. Was zwangsläufig passieren könnte, war doch abwendbar, mit ausreichender Willensstärke und einem gesunden Menschenverstand. Wenn ich mir helfen wollte, würden wir nicht irgendwann stehen bleiben, uns auf einer Wiese unter einen Baum setzen, von uns erzählen und vertraulich werden. Ich würde nicht bei einem melancholischen Wort aus Johannas Mund nach ihrer Hand greifen oder sie nach meiner, ich würde ihr nicht das Haar streicheln. Sie würde sich nicht hinlegen, ihren Kopf in meinen Schoß legen. Und mein hinterlistiger Schwanz würde nicht auf ihren Hinterkopf pochen, meine Hand würde nicht von ihrem Haar zu ihrem Hals, zu ihren Brüsten, zu ihrem Bauch, zu ihren Beinen hinuntergleiten, um sich unter dem kurzen Rock zu wärmen. Herr Jansen, der Vernünftige, unterlassene Hilfeleistung bei Herrn Jansen, dem Lustmolch, wird strafbar, also handeln Sie. Ich hielt an und sagte Johannas Namen, und dass wir zurücksollten. Es klang, als würde mir jemand die Hand auf die Kehle halten. Was meinen Sie?, fragte sie. Ich drehte mich um, Richtung See. Die Hügel der Eifel waren von den Knospen der Erlen und Birken lila behangen und die Ufer des Sees so feucht, dass man sich nicht auf das Gras setzen konnte. Es hingen blumige Gerüche in der lauen Luft. Ja, sagte sie, das reicht, hier ist eine gute Stelle, und sie legte ihre Jacke zum Fuß eines Baumes. Die Wiese leuchtete grün, es sprossen schon winzige weiße Blumen, deren Namen ich nicht kannte. Kennen Sie das Bild *Der Spaziergang* von Monet?, fragte ich. Johanna nickte: Ja, ich bin mit meinen Eltern im Musée d'Orsay gewesen. Ihre Mutter, sagte ich, würde unseren Spaziergang nicht billigen. Meine Mutter, Herr Jansen, hat mir erklärt, wenn Monet seinem Vater gehorcht hätte, wäre er nie nach Paris gegangen, wäre nie Maler geworden, also würden wir uns beide nicht über *Der Spaziergang* unterhalten. Außerdem interessiert sich meine Mutter noch weniger für meine Spaziergänge als für meine Zeugnisse. Sie setzte sich auf ihre Jacke, so, dass es für mich noch Platz gab. Ich schwieg. Das Frühjahr wurde unter der krustigen Schale der Erde ausgebrütet, bald würden lauter Gräser und Blumen sie brechen und hervorschießen. Haben Sie etwas gesagt, fragte sie? Nein, doch, eigentlich wollte ich Ihnen vorschlagen, dass wir zurückkehren. Herr Jansen, lachte sie, wir haben noch ein bisschen Zeit, oder? Ihr Haar glänzt schön in der Sonne, sagte ich. Und sie: Ach was, mein Haar hat eine Straßenköterfarbe, sie wird immer seltener, ich muss sie also behüten. Wir ruhen uns zuerst hier aus, okay? Das Gras wird aber noch feucht sein, wendete ich ein. Kein Problem! Wir sitzen doch auf meiner Jacke. Sie hob einen Arm in meine Richtung, und ich betrachtete den Himmel, die Linsenwolken, die starken Wind versprachen. Ja, sagte ich, aber. Johanna schaute weiter fragend zu mir, hob und senkte den Arm, zog ungeduldig an meinem Hosensaum, wie ein kleines Kind, dachte ich, familiär, intim. Setzen Sie sich doch, Herr Jansen! Ich fragte, ob ich sie vorerst fotografieren dürfe. Sie verzog die Mundwinkel: Nicht gern, aber wenn Sie unbedingt müssen, dann nur zu. Lassen Sie öfter mit Ihnen etwas geschehen, was Sie nicht mögen?, sagte ich erstaunt. Sehr oft, antwortete sie, das Schülerleben in unserer Schule fördert nicht unbedingt den Widerstandsgeist, außerdem liegt es in meiner Natur. Warum soll ich nicht anderen eine Freude gönnen, die mich keine Mühe kostet? Ich nahm mein Handy aus der Tasche. Sie nahm ihr Gummiband aus dem Haar.

Später legte sie wie zufällig ihre Hand auf meine, als ich ihr die Bilder am Display meines Handys zeigte. Wir saßen eng beieinander, damit wir beide auf ihre Jacke passten, diese Jeansjacke, eine kleine blaue Insel im grünen Meer, und wir beide darauf, glückliche Schiffbrüchige. Dann legte ich meinen Arm um ihre Schultern und sie rückte noch ein bisschen näher. Ich spürte ihre Wärme durch die Bluse und mein rechtes Bein brannte an ihrem linken. Ein leichter Wind fegte Wölkchen weg. Das Gebüsch drehte sich um uns. Wir haben, murmelte Johanna, alle Umstände ausradiert. Welche Umstände?, fragte ich. Die Schule, die Klasse, meine Mitschüler, die Bücher! Alles weg! Das beweist, dass wir uns befreien können, wenn wir es nur wollen. Ach, Johanna, Johanna, Freiheit und Freiheiten … Ich schwieg, wünschte mir, eine Frau im achtzehnten Jahrhundert zu sein und jetzt in Ohnmacht zu fallen und lachte bei dem Gedanken. Die Umstände vielleicht, Johanna, aber nicht das umständliche Bewusstsein, etwas Falsches zu tun. Und sie lehnte den Kopf an meine Schulter und ich spürte ihr Haar an meinem Kinn. Wir wollen uns doch, sagte sie.

Ich aber versuchte weiter Konversation zu machen, atmete den Geruch dieses frisch gewaschenen Haares und fragte sie nach ihren Zukunftswünschen, und sie antwortete mürrisch, sie wusste nicht so recht, was sie studieren wollte, ob sie vielleicht zuerst verreisen würde, ja, ein längerer Auslandsaufenthalt wäre nicht schlecht, sie wolle mehr über Israel und die arabische Welt erfahren, ihre Mutter habe als junges Mädchen in einem Kibbuz gearbeitet und ermutige sie zu ähnlichen Erfahrungen. Vielleicht würde sie auch nichts tun, ein faules Jahr einlegen, schlafen, lesen, spazieren gehen, nachdenken, einfach nichts machen, als wäre sie im Ruhestand. Haben Sie denn gar keine Aufbruchswünsche?, fragte sie. Wollen Sie immer dasselbe Leben bis zur Pensionierung in dieser Schule leben? Sie haben bestimmt noch über fünfzehn Jahre abzusitzen, oder mehr. Bei diesen Worten legte sie ihre Hand auf meinen Schenkel und bewegte dabei ihren Zeigefinger, als wollte sie etwas an dem Stoff wegreiben. Ich nahm ihren Finger zwischen die meinen, um ihn wegzuschieben und hielt ihn einen Augenblick zu lang, ließ meinen Daumen und meinen eigenen Zeigefinger daran gleiten, hielt sie an den zarten Zwischenräumen zwischen ihren Fingern, nirgends und niemals würde ich so etwas Schönes und Seidiges erleben wie die sanften Kurven zwischen ihren Fingern. Ich räusperte mich, erzählte ihr, was ich längst vergessen und nie ernsthaft erwogen hatte: Auch ich wolle schon lange ein Sabbatjahr beantragen, das ich für eine lange Reise ausnützen würde, oder um einen Roman zu schreiben. Lehrer sei ein wunderbarer Beruf, aber nach mehr als zwanzig Jahren … Wirklich, Erik Jansen?, fragte sie. Oh ja, wirklich, wie sehr ich mir das immer noch wünsche! Und ich schwieg und sah Johanna und mich auf einem Schiff und später schritten wir am Meer entlang, und wie auf einem kitschigen Poster hielten wir uns an den verschachtelten Fingern fest, ach, Johanna, sagte ich schnell, ich bin verheiratet, ich denke, meine Frau wünscht sich kein Sabbatjahr, sie unterrichtet leidenschaftlich gern. Ihre Frau, wiederholte Johanna, ist eine gute Lehrerin, in der Tat. Ihre Stimme klang spöttisch. Ja, sagte ich, Viola sei kein Reisetyp, vielmehr jemand, der in seinen Büchern reise. Ich würde aber auch gern ein einsames Haus in den Bergen mieten, um den Roman zu schreiben, den ich immer schreiben wollte. Eine gute Idee, sagte Johanna. Ich wandere sehr gern in den Bergen und werde Sie besuchen und … Ich wisse aber nicht, unterbrach ich, ob ich nach einem Jahr Freiheit wieder in die Schule gehen könne, um mich erneut wie ein Pferd einspannen zu lassen. Ich mag wilde Pferde lieber, versetzte Johanna. Und ich wusste nicht recht, welcher Teufel mich ritt, denn ich hatte, wie gesagt, noch nie ernsthaft an ein Sabbatjahr gedacht, war nun von dem pubertären Wunsch gepackt, mich vor dem Mädchen interessant zu machen, wollte mich auch mit dem Gelaber vor den Versuchungen schützen, die mich weiter plagten. Ich wagte mit einem kleinen falschen Lachen einen Versuch der Ehrlichkeit: Meine Schriftstellerträume seien sowieso längst verstaubt, welcher Deutschlehrer habe sie nicht gehegt, diese Schriftstellerträume. Ich hätte einen Kollegen, der immer noch nicht die Hoffnung aufgegeben habe, den literarischen Krimi des Jahrhunderts zu schreiben, ein Traum, der schnatternd immer weiter von ihm wegflattere. Kindereien. Ich sei vor allem ein Literaturkritiker und Literaturliebhaber, ergänzte ich mit Opastimme und Opalachen, und zudem ein Stubenhocker, auch mich mache nichts glücklicher als ein gutes Buch am Kamin. Was erzählen Sie da?, spottete Johanna, man kann doch lesen und leben, schreiben, lesen, lieben, leben, das liegt doch sehr nahe beieinander, oder? Sie drückte sich noch fester an mich und legte den Kopf auf meine Schulter. Wenn Sie zu lange warten, dann sind Sie viel zu alt, sagte sie, bei Ihnen ist es schon an der Grenze, wenn Sie jetzt nicht erleben, was Sie sich wünschen, dann ist es morgen schon zu spät. Sie hatte ihre ganze Hand auf mein Bein gelegt, nicht weit vom Schritt, und etwas zu schrill gesprochen, in einer Mischung aus Spott und Altklugheit, Freude und Verzweiflung. Ich glaubte, jedes einzelne ihrer Haare an meinem Hals zu spüren, die Sonne stand hinter uns und unsere Schatten wurden schräg. Wir waren uns in unseren aufgespaltenen Seelen ähnlich.

Ich sagte: Hören Sie, Johanna. Sie sagte: Erik? Mit Fragezeichen. Ich stand auf und sie blieb sitzen. Lassen Sie uns jetzt gehen, Johanna. Ich setzte meine Sonnenbrille auf, die ich mit rötlichbraunen Gläsern gekauft hatte, um die Welt in wärmeren Farben zu sehen.

Seit diesem Nachmittag ziehen Johannas Bilder als Film vorüber: Sie als tanzende Ganzfigur, als Halbfigur, als Büste, als ein sich um sich selbst drehendes Kopfbild, als atmendes Brustbild, als Liane, die sich um mich schlingt, gar kein Bild mehr, nur ein brennender Druck, die Spur einer sich selbst verschlingenden Leidenschaft, dann nehme ich wieder Abstand, erkenne Einzelheiten, ein Ohr, ihre Augen (weint sie? Ich weiß nicht, ob sie weint), ihre Lippen, sie beißt sich auf die Lippen, eine gerümpfte Nase, sie wittert meine Angst, ein wütender Blitz in ihren Augen, doch, sie sind feucht, diese Augen, Finger, die Knöpfe quälen. Auf einmal stand sie nackt da, warf mit der Fußspitze ihren Rock weg, Herr Jansen, der Verliebte, spürte, wie ihm die Knie zitterten, Herr Jansen, der Feigling, drehte die Augen weg, bat sie mit lebloser Stimme, sich wieder anzuziehen, ich bitte Sie, Johanna, zu spät, sagte sie, und er schaute doch zu, wie sie sich um ihre Achse drehte, mit erhobenen Händen, als spielten sie Räuber und Gendarm, sie lächelte, drehte ihren kleinen Po zu mir, ihre gertenschlanken Schenkel, ihren schmalen Rücken und dann wieder ihre Mädchenbrüste, ihren Bauch, ihre Scham, sie wirbelte mit weit gestreckten Armen vor mir, kreiste auf den Fußspitzen bis sie das Gleichgewicht verlor und in meine Arme fiel, und als ich sie an mich presste und anflehte, ihre Kleidung aufzuheben, ihr aber das Haar streichelte, ihre Wangen küsste und sie dann doch zurückschob, presste sie leise und kalt, ohne mich anzusehen, zwischen den Zähnen hervor, mein Gott, was sind Sie für ein Schlappschwanz, Herr Jansen, schade, schade, schade, dass Sie so ahnungslos bleiben wollen. Wie sich dann ihr Mund breit öffnete, als sie das lange A betonte. Schade, dass Sie sich damit begnügen, gefährliche Texte anzupreisen, ohne selbst etwas zu wagen. Alles Rhetorik bei Ihnen, lieber Herr Jansen. Worte.

Sie sammelte ihre Kleider auf, ich wollte sie dabei nicht ansehen und stand vor dem Baum, die Stirn an der Stammrinde, ein Kind, dass man bestraft hatte. Ein lächerlicher, billiger Romantiker. Ich spüre heute noch die Härte des Holzes, die Struktur des Stammes, die vergängliche Tattoos in meine Stirn zeichnete. Und plötzlich fühlte ich wieder ihren Körper an meinem Rücken, sie umarmte mich. Hören Sie auf zu flennen, sagte sie streng. Lieben Sie mich lieber, Sie Blödmann. Wir küssten uns. Ihr Mund so weich und warm schloss uns in einem runden Glück ein. Als ich aber die Augen über den ihren öffnete, glaubte ich, die grauen Haare meines Kinns in ihrer Haut zu spüren, mein Mund viel zu grob um ihre Lippen. Sie nahm mir die Brille ab, und ihre Stirn erschien plötzlich blass, um ihre Augen schimmerte die Haut lila.

22

In kleinen Boutiquen wurden Schmuck, Steine, Souvenirs verkauft. Eine Amerikanerin, die vor langer Zeit einen Beduinen geheiratet hatte, verkaufte ihre Biografie und schönen Schmuck. Den Mut dieser Frau fand ich unheimlich. Was Mädchen aus Liebe anstellen, trauen sich Männer selten zu. Ich kann mir schwer vorstellen, dass ein junger Mann aus Amerika oder Deutschland eine Beduinenfrau heiraten würde, um mit ihr und ihren Kamelen durch die Wüste zu reiten. Wäre ich noch mit Viola zusammen, hätte ich ihr eine goldene Kette gekauft. Wenn ich Johanna wieder treffen könnte, würde ich ihr eine Saphirbrosche mitbringen, obwohl sie keinen Schmuck mochte, dachte ich, aber vielleicht doch. Wir hatten keine Zeit gehabt, uns kennenzulernen.

Mit der Brosche in der Hand rutschte ich erneut in einen Tagtraum: Sie stand hell gekleidet neben mir, ich konnte nicht umhin, sie zu unterrichten, so erklärte ich ihr, wer die Nabatäer waren, wie sie gelebt haben, wie sie ihre Gräber in den Felsen gehauen haben. Sie interessierte sich mehr für die Beduinenkinder als für die alten Steine, sie mochte das Lebendige. Sie riss mir den Reiseführer aus den Händen, sagte, lassen Sie es, ich lese es später allein, ich will jetzt nur hinsehen. Wollen Sie die Brosche?, fragte die Amerikanerin. Ich kaufte sie und dachte, der Saphir bringe mir Glück, ich würde sie ihr eines Tages geben können. Hübscher Schmuck, sagte eine reife Stimme an meiner Seite, für Ihre Frau? Nelly. Haben Sie Ihre Schwester verloren?, fragte ich. Nein, sie ist mit den anderen los, zum Kloster Ad Deir, nicht sehr vernünftig, denn sie wird die siebenhundertachtundachtzig Stufen nur schwerlich erklimmen können. Monique ist alles andere als sportlich. Ach, konterte ich, Sie unterschätzen sie. Monique, fuhr Nelly fort, hat Ihnen von ihrem Mann erzählt. Ja, sagte ich, eine traurige Geschichte. Die ältere Schwester lächelte boshaft: Eine erfundene Geschichte. Sie hat Ihnen bestimmt aufgetischt, ihr Mann sei während einer Reise in Jordanien verschollen. Ich antwortete nicht und begnügte mich damit, sie mit hochgezogenen Brauen anzusehen. Ihr Mann, setzte sie fort, ihr Mann hat sie verlassen, er ist nicht verschwunden, er betrog sie seit Jahren und ging einfach mit seiner Geliebten fort, allerdings ohne sich anständig zu verabschieden, er lebt irgendwo bei München. Monique hatte an dem Nachmittag eine Freundin besucht, als sie nach Hause kam, entdeckte sie ein Abschiedsbriefchen auf dem Couchtisch. Das war's. Er hat ihr allerdings alle Möbel dagelassen – und das Haus. Die Scheidung hat er nicht beantragt, er schickt ihr monatlich eine hübsche Summe, aber zurückkommen wird er nicht mehr. Ach, sagte ich, schlimm, noch schlimmer als die andere Version. Und warum erzählen Sie mir das? Sie öffnete den Mund und fand keine Antwort. Ich sah Haare an ihrem Kinn in der Sonne glänzen.

Ich rannte, um die kleine Gruppe einzuholen, die mit Omar zum Kloster Ad Deir wollte und die in einer Staubwolke schon weit vor mir trabte. Moniques gelbes T-Shirt als Schlusslicht. Ich keuchte, völlig außer Puste, als wir zu steigen anfingen. Omar, der sonst so gern stehen blieb, um seine erbaulichen Schilderungen zu dozieren, stieg wie ein von uns gehetzter Gamsbock nach oben, vielleicht hatte er jetzt von uns die Nase voll, ältere Damen und Herren, verwöhnte Westler, vielleicht ertrug er unsere roten Gesichter nicht mehr, das Schwitzen der Truppe, die fetten, beringten Arme der Damen, die aus den gebügelten T-Shirts ruderten, den abenteuerlichen Look der Herren mit ihren Multitaschenwesten, die voll Kreditkarten und Ausweisen steckten, vielleicht ertrug er unsere Oberflächlichkeit nicht mehr, unseren Mangel an Konzentration, unsere dummen Fragen, wenn er etwas erzählte, vielleicht dachte er an seine Familie, an die älteren Söhne, denen er gern ein Studium in Berlin finanzieren wollte, vielleicht folgte er einer Fata Morgana, steuerte dem Häuschen entgegen, das er in den besetzten Gebieten hatte verlassen müssen, einem Olivenfeld, zwei Feigenbäumen, vielleicht winkten Verwandte und Freunde, ein beraubtes Glück, eine von Stacheldraht umsäumte Vergangenheit, und diese Gedanken mochten ihn zum Gipfel treiben und er kletterte in Wut hoch. Nur zwei oder drei von uns, die sportlicheren, folgten Omar mühelos, alle anderen keuchten hinterher. Wir begegneten einer Menge von Leuten, die heruntergingen, und mehrere versuchten, uns zu ermutigen: Es lohnt sich, nur Mut! Sie waren stolz, dass sie das schon gesehen hatten, was wir uns noch verdienen mussten. Wir haben, sagte Omar, als nach ihm gerufen wurde, nur sehr wenig Zeit, also tempo, tempo, liebe Gäste. Als ob er nicht daran schuld wäre, dass wir heute Morgen so spät aufgebrochen sind, warf ihm Monique vor. Dieser Aufstieg sei aber nicht vorgesehen, erwiderte er streng, nur weil einige von uns ihn darum gebeten hätten, begleite er uns da hinauf, aber trödeln dürften wir nicht. Ihr werdet staunen, glaubt mir, ihr werdet für eure Mühe belohnt, verkündete er mit der Stimme eines Propheten. Und seine Jünger stiegen weiter mit Pulsfrequenz hundertsechzig. Mir wird schwindlig, klagte Monique, als wir endlich ankamen, und klammerte sich an mich, Erik, gib mir die Hand, mir ist kotzübel, und sie nahm sich diese Hand, die ich nicht wagte ihr zu verweigern. Ihren verschwitzten Kopf lehnte sie an meine Schulter, bis ihr besser war (ob ihr wirklich schwindlig geworden war?). So, sagte ich, jetzt schau dir doch die Landschaft an. In der Tat war die Pracht des Ortes unschlagbar, mir stockte vor so viel Schönheit der Atem. Die Kolonnade, die Fassade von Ad Deir im Fels waren eine Einladung des Berges in seine Tiefen (wo wir nicht hindurften), ein geheimnisvolles Lächeln der Steine. Die Nabatäer hatten die gewaltigen Felsen als ein Angebot des Herrn verstanden: Zeigt mir, dass ihr verstanden habt, in welchem Prunkkasten ihr das Licht des Tages erblicken durftet. Ja, sehr beeindruckend, flüsterte Monique, die wieder selbständig stand, ja, das ist fantastisch. Ich möchte wissen, was mein Mann empfunden hat, als er hier war. Bist du sicher, dass er zu Ad

Deir hinaufgestiegen ist?, fragte ich. Ja, das schrieb er mir noch auf einer Ansichtskarte, die ich mehrere Wochen nach seinem Verschwinden bekommen habe. Das letzte Lebenszeichen, das ich von ihm habe. Eine Karte, wie die Kinder sie da unten verkaufen, mit der Ansicht des Ad Deir, er schrieb, da war ich heute Nachmittag, eine kleine sportliche Herausforderung. Ein wunderbarer Ort. Ihm ist es bestimmt leicht gefallen. Er war schlank und hatte eine gute Kondition. Ich antwortete nicht, legte ihr nur kurz die Hand auf die Schulter: Lass uns runtergehen, Omar wartet auf uns.

Ich ertrug ihre Geschichte viel besser, seitdem ich wusste, dass sie sie erfunden hatte. Wer durfte ihre Deutung des Verschwindens ihres Mannes verurteilen und in wessen Namen? Ich hörte Nelly: Man sollte sich der Realität stellen. Warum sollte sich Monique einer Realität stellen, die sie nicht ertragen konnte? Hatte sich vielleicht Moniques Mann der gemeinsamen Realität gestellt? Sie spann sich ihre Geschichte und die ihres Mannes neu. München war die Wüste, die Geliebte des Mannes eine Beduinenfrau oder der Tod. Und die Berge von Bayern wurden zu Sanddünen, auf denen jede Spur sekundenschnell vom Wind verwischt wurde, wie ein Gedanke vom nächsten abgelöst. Er schrieb, wiederholte Monique und schaute mit feuchten Augen vor sich hin zum Abgrund, Ad Deir sei ein wunderbarer Ort, recht hat er gehabt. Vor uns wellte sich die Horizontlinie im leicht verhangenen Himmel und ich erinnerte mich an die Dünenbilder von Frau Limbach und an meine eingebildeten Derwische, und weil das kapriziöse Gedächtnis manchmal großartige Bögen baut, kam mir die Geschichte von René Guénon in den Sinn, einem Metaphysiker, der Sufist wurde, den Namen Abdel Wahid Yahia annahm und, allerdings erst nach dem Tod seiner Frau, nach Ägypten zog und Arabisch lernte. Weißt du, Monique, sagte ich mit meiner Stimme für die fünfte Klasse, könnte es nicht sein, dass dein Mann eine ganz andere Identität angenommen hat? Manche Leute spüren, dass sie irrtümlich in ihrem Land geboren sind, und fühlen sich von einem ganz anderen Teil der Erde angelockt, von einem anderen Glauben, einem Leben ohne Konsumdenken? Monique schaute skeptisch: Du meinst die Leute, die in den sechziger oder siebziger Jahren nach Indien zogen und in Katmandu hängen blieben? Ja, Monique, aber es waren nicht nur hirnverbrannte Draufgänger, die so verschwanden. Ich erzählte ihr die Geschichte von dem Philosophen René Guénon und verschwieg dabei, dass er nach dem Tod seiner Frau eine sehr junge und sehr schöne Analphabetin in Ägypten geheiratet hatte. Ach, seufzte Monique, mein Mann war kein Philosoph, sondern ein erfolgreicher Industrieller. Weißt du, was ein Industrieller ist? Jemand, der mit zwei Füßen im Leben steht, der linke Fuß auf dem Teppichboden der Deutschen Bank, der rechte auf dem Edelholzparkett seines Büros. Und er hatte mit spirituellen Dingen nichts am Hut. Unseren Sohn hat er nur wegen seiner Eltern taufen lassen. Reich und katholisch sind die. Angenommen, er hätte sich so verändert, glaubst du, dass ich es nicht bemerkt hätte?

Im Eingang des Hotels bürsteten wir unsere Schuhe an dem elektrischen Schuhputzer ab. Unsere Taschen wurden von einem Wächter gecheckt. Die Enge des Aufzugs ließ uns schon die Weite der Landschaft am Ad Deir vergessen. In meinem Zimmer zog ich mein verschwitztes Hemd aus. Ein blondes Haar von Monique lag auf dem Kragen. Ich ließ es dort.

23

Ihre vierte Deutung von *Der Aufbruch* hatte Johanna *Wie ein Diavortrag* genannt. In meiner Verwirrung hatte ich die zwei Blätter nach unserem Spaziergang im Handschuhfach des Wagens vergessen, und als Viola an dem Montag darauf, auf dem Weg zur Schule, nach einem Papiertaschentuch suchte, stießen ihre Finger auf das Blatt, das sie rausholte, als Hausaufgabe erkannte und sofort las. Ich fuhr und hatte Mühe, mich auf den Verkehr zu konzentrieren, hätte ihr aber am liebsten die Blätter aus den Fingern gerissen, wenn es nicht so suspekt gewesen wäre. Sie hatte schon meinen Bilderkauf »sehr sonderbar« gefunden, auch weil wir nie Bilder kauften, unseren Kulturetat gaben wir meistens für Bücher, Theater und Kino aus. Ja, sagte ich, wir sollten uns einmal in unserem Leben ein authentisches Gemälde leisten, schließlich seien wir keine Studenten mehr, die Poster an die Wand hängen. Ich hätte sie, Viola, auch überraschen wollen, log ich, aber ihre Missstimmung verflog nicht, sie sagte, sie wolle meine neue Begeisterung für Gemälde mit mir teilen, aber nicht überrascht werden. Und wo sollten wir dieses großformatige Bild aufhängen? Im Wohnzimmer passte es nicht wirklich zu den alten Radierungen, die wir von Violas Eltern geerbt hatten. Im Schlafzimmer? Im Arbeitszimmer? Wir einigten uns auf das Schlafzimmer, dem Bett gegenüber blickte uns eine leere Wand mit einem Haken an, an dem unsere Hausmäntel hingen, und den konnte man leicht versetzen. Bevor wir das Licht auslöschten, konnte ich nun jede Nacht das Bild anschauen, die sanften Hügel, die ich für die wirbelnden gelben Röcke von Derwischen gehalten hatte, und ich sah Johanna mit mir durch diese Hügel spazieren gehen. Wie der Maler oder die Malerin hieß, wollte Viola erfahren, Limbach, sagte ich, eine Frau Limbach. Und Viola: Haben wir nicht eine

Schülerin, die so heißt? Aber sicher, Erik, diese Johanna Limbach, ich glaube, ihre Mutter ist Malerin, ich bin ganz sicher, das ist sie.

Der Verkehr war zähflüssig. Viola las den Aufsatz mit gierigen Augen. Ich hörte sie schlucken. Sie blätterte zurück, las noch einmal. Ich hörte sie atmen. Ich dachte, ich sollte den Anfang machen und fragte schwungvoll: Na, wie ist es? Wie findest du den Aufsatz? Violas Stimme klang argwöhnisch: Was hältst du von einer Schülerin, die von den allegorischen Titten ihrer Mutter erzählt? Von einer Schülerin, die dich in einem Aufsatz direkt anspricht? Ich machte ein verdutztes Gesicht: Wieso? Macht sie das? Ich habe den Aufsatz noch gar nicht gelesen, das Mädchen hat ihn mir zwischen Tür und Angel herübergereicht, als ich gerade im Aufbruch war, habe das Ding einfach ins Handschuhfach gesteckt. Und was soll das mit den Titten ihrer Mutter? Unheimlich, sagte Viola, Was erlaubt sie sich eigentlich? Viola las anscheinend ein zweites Mal Johannas Text. Ja, fragte ich, sag es mir, was erlaubt sie sich denn? Ich hörte aber nur Zwischenrufe, ein Meckern, ein Räuspern. Mir gelang ein legerer Ton: Du machst mich neugierig! Ist es nicht gut? Johanna ist echt intelligent, aber sie gibt sich nur ab und zu Mühe. Viola ließ jetzt das Blatt auf ihren Knien ruhen und guckte mich von der Seite an: Hast du deinen Schülern diese Art beigebracht? Ist es eine neue Stilform für Aufsätze? Was sie meine, wollte ich wissen (oder auch nicht). Und sie: Einen solchen Text nennt man einen Brief, eine Botschaft, eine Epistel und auch einen Wisch! Einen Aufsatz weniger. Weißt du, dass sie dich außerdem mit dem Vornamen anspricht? »Lieber Erik!« Ich fasse es nicht. Erlaubst du das deinen Schülern? Ich habe es ihr nicht erlaubt, erklärte ich wahrheitsgemäß, aber sie macht so ziemlich, was sie will. Ach, und was meint sie mit »wie ich Ihnen schon schrieb?« Schreibt sie dir denn regelmäßig? Und ich: Nein, Viola, sie meint bestimmt einen anderen Aufsatz, sie hat zwei oder drei Versuche der Interpretation gemacht, insgesamt gar nicht schlecht. Das, lieber Erik, ist allerdings ganz neu. Hör mal, kannst du hinten nach meiner Tasche greifen und schauen, ob mein Buch für die Fünfte drin ist? Viola ging nicht auf meine Ablenkungsstrategie ein, sie las und empörte sich weiter, es fehlt nur ein »liebe Grüße« am Ende des angeblichen Aufsatzes, Erik, aber sie unterschreibt ihn! »Ihre Schülerin!« Hör dir das mal an: »Ich weiß, lieber Erik, dass man Realität und Wahrheit nicht verwechseln darf«, was soll das? Ein sonderbares Mädchen, diese Johanna, sagte ich, aber begabt und fleißig, Realität und Wahrheit zu unterscheiden ist doch nicht schlecht, oder? Allerdings komme auch ich nicht wirklich dahinter, was sie ist, was sie will ... Du machst mich richtig neugierig auf ihren Aufsatz. Ja?, grinste Viola, dann hör dir das noch an, sie vergleicht Kafka mit einem Gladiator des Stiftes, ah, ah, mein Gott, da reimt sich Gladiator auf Plagiator! Lass es, Viola, rief ich trocken, ich weiß nicht, was das Mädchen geschrieben hat, eine Abschreiberin ist sie auf keinen Fall. Ich finde übrigens das Bild nicht schlecht. Das ist bestimmt nicht von ihr, erklärte Viola, da wären sicher einige Quellen auffindbar, wenn man sich die Mühe machte, nachzuforschen. Also, dieser Text ist eine komische Mischung von Biografie, Textinterpretation und persönlichen Überlegungen ... sie erzählt nämlich in einem PS von ihrer Mutter, gluckste sie weiter, von der Malerei ihrer Mutter, und du, du tust so, als ob du nicht mal gewusst hättest, dass du das Bild von ihrer Mutter gekauft hast! Was ist los mit dir und dieser Johanna? Oder mit der Mutter dieser Johanna? Viola, du nervst! Kannst du bitte den Aufsatz in meine Tasche stecken und auch nachschauen, ob ich das Buch für die Fünfte habe? Und, weißt du, was sie noch schreibt?, fuhr Viola fort. Nee, Viola, ich habe es dir schon gesagt, ich habe den Text im Handschuhfach vergessen, noch nicht gelesen, Johanna ist ein kompliziertes Mädchen, ich werde auch nicht schlau aus ihr, aber eines weiß ich, sie ist eine interessante Schülerin, die man zum Lesen und Schreiben ermutigen sollte, versuch doch mal, sie für deinen Euregio-Schüler-Literaturpreis zu gewinnen.

Erik Jansen, der Vernünftige, wollte als der ehrbarste Lehrer der Welt seine Entdeckung teilen. Aus einem System globaler

Verlogenheit war es ihm gelungen, keine einzige Unwahrheit durchsickern zu lassen, was natürlich nur bewies, dass eine große Lüge mehrere kleine Wahrheiten enthalten kann, etwa wie eine Rumkugel die Kokosstreusel. Ich atmete aus. Auf einmal war sogar die Straße deutlicher zu sehen, der Verkehr entsprach einer vernünftigen Weltordnung, in der alle morgendlichen Fahrenden und Gehenden ihren rechten Platz fanden. Ich genoss die grauen Häuserreihen der Allee, die Bäume, die sich mit leichtem Grün beschirmten. So vertraulich waren sie, die Mauer, die Bäume, die Straße, unsere Strecke, unsere Heimat. Ein Schwall saurer Worte ergoss sich aber über mich: Ach Erik, dieses Weib schreibt keinen Aufsatz, auch wenn es am Anfang wie ein Aufsatz klingt, sie schreibt dir wohl einen Brief, einen Brief mit PS. Und das hier: »Welche Geschichte wollen wir für uns erfinden?« Wer ist das uns? Sie erwähnt übrigens eine rote Katze. Ist es Zufall? Eine rote Katze? Eine rote Katze soll Zufall sein? Das Wort Weib fand ich glitschig wie Kot und jetzt verlor ich die Fassung: Verdammt noch einmal! Was unterstellst du mir? Lies es selbst, kreischte Viola zurück, und vielleicht erklärst du mir dann einiges. Wir waren fast angekommen. Ihr schräger Blick fraß sich in meine Haut hinein. Ich stieg auf die Pedale, und wie ich so verstockt dasaß, das Kinn nach oben, ein mörderischer Blick in den Rückspiegel, um in die Spur zu wechseln, hörte ich die erste tiefe Spalte im Gletscher der Ehe aufbrechen.

Wie ein Diavortrag

Die kurzen, parataktischen Sätze erinnern mich an die Untertitel eines alten Stummfilms oder an die knappen Kommentare meines Großvaters, als er uns Dias aus der Kindheit meines Vaters zeigte: »Hier holt dein Vater seinen Roller aus dem Schuppen. Da steht er vor dem Ferienhaus am Meer.« »Die lange Nudel vor der Tür, das ist Tante Pauline mit achtzehn.« Manchmal entwickelte sich da von Bild zu Bild eine Geschichte. Bei Kafka liest man nur die Kommentare und einen knappen Dialog, aber gerade deshalb wird die lapidare

Parabel zu einer unendlichen Geschichte, weil sich jeder Leser die Bilder und die ungesagten Umstände dahinter ausmalt, wie ich Ihnen schon schrieb. Und die Frage ist: Welche Geschichte wollen wir für uns daraus erfinden? Man hat die Botschaft verstanden: Wenn man dem »Hier« und dem alten »Ich« entschlüpfen will, muss man rücksichtslos sein altes Leben (oder das Leben überhaupt?) und den eigenen Diener hinter sich lassen. Die zahlreichen Details des Alltags sind die winzigen Spikes, die uns die Füße auf dem Boden halten und daran hindern, abzurutschen: Das Leuchten der roten Dachziegel des Hauses, die Schatten der Bäume, der Duft des Flieders im Vorgarten, die Rundung eines Brotlaibs in der Küche, die rote Katze, die sich auf dem Fensterbrett streckt, eine Frau vielleicht, die hinter dem Fenster ein Bett lüftet, das Klingeln der Hausschlüssel in der Tasche, der Geruch von Büchern, das Geräusch des Klopfens der Tastatur, die Stimmen der Freunde, die man am Telefon erkennt, ohne dass sie ihren Namen nennen müssen. Das »Weg-von-hier« ist nicht unbedingt eine Ferne, die man in Kilometern messen kann. Es ist die Ferne des Verzichts, das Ende eines angenehm sinnlichen Daseins, der Weg zu einer schwierigeren und sinnvolleren Welt. Wer der Gemütlichkeit des Lebens entrinnt, setzt sich der Gefahr aus, zu verhungern. Aber der Ängstliche, der bleibt, wird er nicht an seiner Sehnsucht zugrundegehen?

Bemerkenswert in dem Text finde ich auch den Gebrauch der Zeiten und die Rolle der Metapher. Beim Lesen höre ich keine vergangene Geschichte, obwohl sie in der Vergangenheit geschrieben wurde. Das Präsens des Austauschs überlappt das Präteritum der Aussageverben (»fragte er«, »antwortete ich«). Ich höre also eine Geschichte der Gegenwart und der Zukunft. Vielleicht, weil die letzten Zeilen, die im Gedächtnis bleiben, die des direkten Dialogs sind, die uns den Reiter als wegziehenden Helden verewigen.

Kafka genügt der literarischen Konvention der Vergangenheit in der Erzählung. Aber der naive Leser kann sich fragen: Der Icherzähler hat doch die Reise überlebt, sonst würde er uns von diesem Aufbruch nicht erzählen, oder? Es sei denn, der Erzähler hat uns an einem schönen Morgen von einem nächtlichen Traum erzählt, uns also mit seinem Zusammengesponnenen an der Nase herumgeführt und so enttäuscht, als hätte er zugegeben, dass er einige Meter nach dem Tor den Strick seines Pferdes vor einem Restaurant festgebunden hätte, oder wenn er, von Gewissensbissen und Ängsten geplagt, einfach umgekehrt wäre, um zurück zu dem Duft des Flieders zu galoppieren, zu dem Glänzen der Dachziegel, zu der Frau, die ihr Federbett immer noch schüttelt. Ja, auch die Erzählung lässt sich umkehren. Ich aber bin dank meines Deutschlehrers keine naive Leserin und kein Konjugationsspielchen liefert mir den Beweis, dass man ungeschoren durch das Tor reiten könnte. Die literarische Konvention aber lässt mich, allein dadurch, dass ich sie durchschaue, in eine andere Falle stolpern: Sie zerstört die schöne Illusion der Wahrheit und lässt die Metapher eine Metapher sein. Nur deshalb kann der Lehrer diesen an sich gefährlichen Text mit seinen Schülern lesen. Packt euren Rucksack nicht, Kinder, alles Literatur. Ihr seid nur liebe Gäste in Kafkas Büchern: Drückt weiter die Schulbank, der Autor wird euch zeigen, wie das Leben hätte sein können und Gott sei Dank nie sein wird. Schließlich ist Kafka selbst nur an den wahrhaft ungeheuren Mykobakterien seiner Tuberkulose gestorben.

Ich weiß, lieber Erik, dass man Realität und Wahrheit nicht verwechseln darf, dass es außerhalb des Brodelns von Zellen im Reagenzglas oder des Gewichts der Bücher in meiner Schultasche eine Wahrheit gibt, die weder konkretes Gewicht noch messbare Dichte besitzt. Dass diese Wahrheit in der Literatur oder in der Kunst vielleicht eher zu finden ist. Ich hoffe dennoch sehr, dass eine Geschichte nicht nur das papierene Kunstwerk eines Autors ist, der wie die meisten Menschen nicht zu seinen Träumen steht und bloß zum angeberischen Gladiator des Stiftes geworden ist. Oder dass wenigstens einer seiner Leser seine Botschaft nachvollziehen wird. Die Autoren selbst sind aber wahrscheinlich alle Stubenhocker, sonst würde die Literatur nur aus Memoiren bestehen, Ergüssen von lauter Captain Cooks und Tagebüchern von Verbrechern. Aber die Stubenhocker geben uns die Chance, ihre Fantasmen selbst zu verwirklichen, sie flößen uns Mut ein.

Ihre Schülerin, Johanna

PS: Den Wunsch des Künstlers nach einer fiktiven Identität und seine Flucht in eine erträumte Welt erlebe ich seit Jahren bei meiner Mutter. Zurzeit sieht sie sich, die Süße, als Darstellerin der Mutterschaft, sie war mir aber nie eine echte Mutter. Besucher der Galerie bewundern ihre allegorische Welt; die allegorischen Titten, die allegorischen Vaginas, die allegorischen Schwangerschaften. Die Tochter, die als ehemaliger Fötus die Malerin zu manchen ihrer Bilder inspiriert haben wird, hatte dafür eine abstrakte Mutter.«

Johanna hatte also von meinem Besuch im Atelier ihrer Mutter erfahren. Ihre Mutter, die so wenig mit ihr sprach, hatte wahrscheinlich meinen Namen genannt, stolz, einen so begeisterten Bewunderer gefunden zu haben. Ja, und Johanna kannte auch unser Haus. Sie war daran vorbeigegangen, hatte sich die Zeit genommen, Details festzuhalten. Der Flieder, die roten Ziegel, die rote Katze, unsere Katze. Ihr neuer Aufsatz was selbstverständlich auf uns zugeschnitten. Aber der Ängstliche, der bleibt, wird er nicht an seiner Sehnsucht zugrundegehen? Sie hatte meine Ablehnung, meinen Widerstand erahnt und in diesem Text, den ich nicht vor unserem Spaziergang lesen sollte, in kluger Voraussicht beschrieben. Sie hatte den Selbstbetrug, die Feigheit des Lehrers, die Lebensuntüchtigkeit des intellektuellen Schwächlings durchschaut. Wovor haben Sie denn Angst?, hatte Johanna später im Auto gefragt. Dass einige Kollegen nachts zu Ihnen kommen, wie die Geistlichen zu Abaelard und Sie wegen Heloise entmannen? Wir sind nicht mehr im Mittelalter. Wir werden nicht als erstes Lehrer-Schülerin-Paar in die Geschichte eingehen. Und ich bin mit fast siebzehn quasi erwachsen. Ich fuhr mit dem linken Rad über die weiße Linie, konzentrierte mich auf das Geräusch, das daraus entstand, fuhr weiter so und schwieg, denn alles, was ich ihr über das Verhältnis zwischen einem Lehrer und einer Schülerin hätte sagen können, wusste sie so gut wie ich. Meinen Eltern ist es ziemlich egal, was ich mache und mit wem, fuhr sie fort, sie würden Sie nicht denunzieren. Im Gegenteil. Sie finden es sicher besser, wenn ich mit einem Lehrer als mit dem Erstbesten aus der Disco schlafe. In der Hinsicht haben sie doch recht, oder? Ich entgegnete: sexueller Missbrauch von Schutzbefohlenen. Missbrauch? Ich bin freiwillig hier, sagte sie, und sie sagte es so, als hätte ich der Klasse ein Referat vorgeschlagen. Ich wagte das Wort: Berufsethos. Berufsethos? Es gibt höhere Werte, sagte sie. Und nach einem Augenblick des Schweigens: Ach, Sie sind nur ein Lehrer, ein leerer Lehrer!

Wir waren dann wortlos weitergefahren, ohne uns anzusehen. Sie hielt die Hände auf ihren nackten Knien wie zwei Muschelschalen. Vielleicht fror sie. Als sie aus dem Wagen stieg, hielt ich sie flüchtig an der Hand: Bitte, seien Sie mir nicht böse, sagte ich. Sie schüttelte nur den Kopf. Irgendwann verwirklichen Sie Ihre Träume, Herr Jansen. Vielleicht werde ich Ihnen helfen können. Sie sind mein Traum, sagte ich, und Sie wissen es. Sie lächelte kalt: Meine Bestimmung ist es nicht, jemandes Traum zu bleiben.

Ich hatte am Wochenende gegoogelt und ihren Blog gefunden. Ihre Liebe zum Schnee hatte etwas Neurotisches. Die Sonne störte sie. Der Nebel verkapselte die Landschaft und machte Johanna blind und glücklich, weil unsichtbar. »Nur ich für mich«. Sie schrieb auch über Fremdsein und über Literatur: »Wenn ich lese, wird mir wieder bewusst, dass ich ein Stück Menschheit bin.« »Das Leben ist eine Kladde, die ich in den Roman und noch mehr in das Gedicht ins Reine schreiben kann.« »Die Literatur ist ein Ameisenhaufen (Kafka nur eine Ameise), der die Natur des Menschen verspeist.« »Uns gibt es nur als Negativ, der Text stellt die Abzüge her.« »Die Literatur ist die gewagte Wahrheit, ich könnte das Böse aus mir hinüberschreiben, das Böse, das ich dir noch nicht zeige.« »Das Leben ist formlos, eine monströs schwangere alte Frau, der Schriftsteller operiert mit gefeilten Worten und holt die vielen versteckten Menschen aus diesem Monstrum.« »Die Bücher, die mich interessieren, sind unhöflich.« »Die Literatur ist die Kristallisation einer Seele. Die Seele ist eine Staubwolke aus freien Gedanken, die den Esel Gefühl reiten.« »Lieber leben als lesen oder schreiben? Aber was ist so interessant am Leben selbst? Die öden Partys meiner Schulkameraden? Drogen und Alkohol? Lächerlich. In den Himalaja steigen? Da bin ich zu faul. Etwas entdecken, was hilft und heilt? Ja, aber ich bin so eine Null in Mathe und in den Naturwissenschaften. Nein, ich werde dem Beispiel der kleinen Kinder folgen, ich will Sandkuchen backen, Wort für Wort, nur so kann ich gleichzeitig sein und nicht mehr sein. Mich um Bücher kümmern. Vorher muss ich aber leben, aber wie und was? Leben und lieben. Lieben.«

Sie hatte auch ihre Kafka-Texte hochgeladen und ein Foto von mir ohne Namen. Das Foto war in Prag aufgenommen worden und unscharf. Ihr Text dazu: »Unser Deutschlehrer, hat einen Doktortitel, den er sich mit einer Arbeit über die *Gefährlichen Liebschaften* in der Literatur des 18. Jahrhunderts rechtmäßig erworben hat. Verheiratet, eine Tochter, lebt in einem biederen Reihenhaus, eher schüchtern und diskret, melancholisch, sein Unterricht ist nicht gerade lebhaft, aber sicher nicht uninteressant. Auch seine Frau unterrichtet an unserer Schule. Man kann sich die Gesprächsthemen der beiden bei Tisch gut vorstellen.«

Ich war ihr dankbar, dass sie mich da nicht lächerlicher machte. Man konnte inzwischen im Internet die schlimmsten Beleidigungen, hässliche Schmähungen, Denunziationen und Diffamierungen von Lehrern lesen. Johanna würde sich nicht für solche billigen Vergnügen hergeben. Johanna war ein feiner Mensch. Als ich ihre Webseite las, spürte ich wieder eine Liebe aufflammen, die so mitreißend war, dass ich hinauslief und eine Stunde lang joggte. Ich joggte an ihrem Haus vorbei und war versucht, zu klingeln, ließ es aber sein. Angst, Scham, Angst, Scham. Herr Jansen, der Ängstliche, Herr Jansen, der Verschämte, trafen zusammen. Beide träumten von später. Johanna machte in einem Jahr Abitur. Danach …

In den Wochen nach unserem Spaziergang hatte Johanna nichts mehr auf ihrer Webseite geschrieben. Am Ende des Schuljahrs existierte auch der Blog nicht mehr.

24

Wir hatten einen freien Tag in Akaba. Zwei aus der Gruppe wollten die Unterwasserwelt beim Schnorcheln entdecken, einige blieben am Strand oder am Swimmingpool des Hotels liegen und eine Gruppe fuhr nach Akaba. Die meisten hatten sich eine Glasbootfahrt von Omar organisieren lassen, um die Korallen zu bewundern. Ich hörte, wie Nelly auf ihre Schwester einredete, anscheinend wollte Monique nicht auf das Boot, man sehe durch das schmutzige Glas kaum etwas, habe sie von jemandem gehört, weniger als im Fernsehen, wo man bei zig Dokumentarfilmen Korallen in den schönsten Farben bewundern könne. Es war eine Diskussion um den Sinn von Reisen entflammt. Nellys Motto war Selbsterfahrung, Realität selbst erfahren, riechen, schmecken, anfassen, das kannst du nicht in einem Film über dieses Land oder die Unterwasserwelt. Sie hatte recht und doch konnte ich Moniques schlechte Laune gut nachvollziehen, die wie ich (wahrscheinlich mit mir) nichts machen wollte, nichts lernen, nichts erfahren, als das Wasser und die Sonne auf der Haut zu spüren und sich in nichts aufzulösen. Ich wollte selbst den freien Tag am Strand mit einem Buch und meinen Träumereien verbringen. Kein Busfahren, keine neuen Erkenntnisse, kein Jauchzen, keine Fotos und keine Vorträge von Omar, nur Ruhe und unbegrenztes Betrachten des stillen Roten Meeres. Ich wollte aber in dem Streit zwischen Nelly und Monique nicht Partei ergreifen, wünschte nicht, dass Monique mir aus der Tiefe eines Liegestuhls ihre Geschichte de profundis erzählte und meiner lauschen wollte. Ich verließ die streitenden Schwestern, als Nelly zu persönlich wurde. Schließlich habe sie diese Reise Monique zuliebe gemacht und Monique lasse sie dauernd im Stich. Wenn man zu zweit …

Ich legte meine Sachen auf eine Liege und lief ins Wasser. Minimale Korallenreste und kleine Muscheln flutschten mir durch die Zehen. Die Korallenstückchen waren gekrümmt und glichen Minipuppenarmen und Händchen aus Porzellan. Ich watete nicht lange durchs Wasser und legte mich hin, las zwei Zeilen, fand keine Ruhe und watschelte nochmals ins Meer. Das Wasser schwappte klar auf meine Füße, eine heftigere Welle schlug mir gegen die Beine, ich gehorchte ihr und kraulte sogar ein bisschen, in der Hoffnung, mich da müde zu strampeln, und in der Tat schlief ich auf dem Liegestuhl irgendwann ein, träumte, dass es auf dem Schulhof schneite. Es gab überall Fußabdrücke im Schnee, ich versuchte, ihnen zu folgen, drehte mich im Kreis und wusste nicht mehr, wo sich meine Klasse befand.

Als ich die Augen öffnete, beugte sich Monique über mich und sagte, ich müsse mich dringend eincremen, und ob wir nicht Mittag essen gehen sollten. Sie sei ihrer Schwester Nelly kurz vor dem Einschiffen entwischt, was für ein Glück, nicht wahr, sie habe sich nicht getraut, mir vor den anderen nachzulaufen, jetzt sei sie aber da und habe Hunger. Schön, sagte ich, dass du deinen Kopf durchgesetzt hast, so soll man es tun, aber ich möchte noch nicht essen, nur hier liegen bleiben. Sie schleppte einen Liegestuhl neben meinen. Meine Schwester hatte recht und, stell dir das vor, sie hat mir leidgetan. Ein ganz neues Gefühl, nicht unangenehm. Sag mal, was machst du, wenn wir nach Aachen zurückkommen? Willst du wieder arbeiten? Ich antwortete nicht, blieb listig mit geschlossenen Augen liegen und atmete langsam und regelmäßig. Ich hörte sie denken: Wer arbeitslos ist, sollte keine Reise machen, sondern sich eine neue Arbeit suchen. Westeuropa ist voll mit Faulenzern, die lieber von Tricks, Schwarzarbeit und Sozialmaßnahmen leben wollen. Ich weiß, murmelte sie wie eine alte Ehefrau, dass du nicht schläfst, du willst nur nicht mit mir sprechen. Dann gehe ich eben ins Wasser. Ich öffnete die Augen und sah auf ihrem Liegestuhl ihr T-Shirt liegen und sie selbst mit kleinen Schritten ins Wasser trippeln, unsicher und stolpernd auf den Kieselsteinen, die ihr in die Fußsohlen piekten und das Gleichgewicht störten; wie erwartet drehte sie sich um, um sich zu vergewissern, dass ich auch schön guckte, und ich machte ihr eine kleine, freundliche Geste, ich sehe dir zu, schön machst du das, bravo, mutiges Mädchen, sie war sich jetzt meiner Aufmerksamkeit sicher und schritt entschieden ins Wasser. Ich konnte nicht umhin zu lächeln, als sie im seichten Meer ein paar Paddelbewegungen machte, bevor sie so weit wie möglich zum Rand zurückschwamm, bis ihr Bauch auf den Kieseln lag, um so wenig wie möglich darauf laufen zu müssen. Ich hatte den Eindruck, mit meiner Tochter auf Urlaub zu sein.

Sie trocknete sich ab und sagte in einem Atemzug: Ich verstehe es schon, wenn du nicht mehr unterrichten willst. Die Leute erzählen immer, Lehrer liegen erste Klasse im Krankenhaus und haben dauernd Ferien, aber ich denke, das ist ein nerviger Beruf. Viele halten das nicht aus und beginnen zu saufen.

Ach! Sollen wir essen gehen?

Im Restaurant hingen durchsichtige Plastiktüten voll Wasser an der Decke, um die Mücken zu verjagen. Wenn diese sich darin vergrößert sahen, erschraken sie und zischten ab. Monique neigte sich mit einem mütterlichen Blick zu mir hin: Du wirst dich langweilen, wenn du nichts tust. Und schlecht essen, und saufen. Langeweile ist schrecklich, ich weiß, wovon ich spreche. Alles ödet mich nur noch an, seitdem mein Mann weg ist.

Was ödet dich am meisten an?

Sie erzählte von den sanft klingenden Gesprächen mit ihren Freunden und von der mehrschichtigen Langeweile der Sahnetorte. Sie wisse, sagte sie, dass sie mehr Geduld mit den anderen und mit sich selbst haben sollte, aber je mehr sie das sollte, desto weniger gelinge es ihr, ihr Vorrat an Geduld sei definitiv ausgeschöpft, sie wisse selbst nicht wieso. Auch ich hasse das Wort Geduld, summte ich, Geduld, Geduld, die endlose Dudelei des Geistes Penelopes. Ich erzählte Monique von Penelope und Monique erklärte, sie heiße ab sofort Penelope, es sei vornehmer als Monique. Dann zählten wir lachend die Momente der Langeweile in unserem Leben auf. Das Leben als Wartezimmer mit billigen Zeitschriften. So viele gähnende Stunden, ob in der Schule, so Monique, in der Turnhalle oder in der Familie. Und ich: Klavier und Karpfen an Weihnachten! Gib der Großtante ein Küsschen, war Moniques Replik; Schlafmützen und Geistestöter aller Art, sagte ich, die schwadronierenden Professoren im Studium, die selbstverliebten Reden des Herrn Wittkopf, lahme Schulkonferenzen, Lehrerkonferenzen, Fachkonferenzen; du armer Lehrer, spottete Monique, du hast die Cocktailpartys in der Fabrik meines Mannes nicht gekannt, die Krustentiere in der Mayonnaise, das Blablabla der Damen mit Perlenketten. Wir waren uns einig: Wenn die Langeweile eine Dichte, ein Gewicht hätte, würde man nur noch auf allen vieren kriechen. So oft, klagte ich ihr, hatte ich das Gefühl, meine Geduld wie einen leeren, aber unendlich schweren Schulranzen auf dem Rücken zu tragen! Arme, verlorene Schildkröte, rief Monique, du hast dich nach dem Meer gesehnt. Ganz schlimm langweilig ist die Wichtigtuerei der Besserwisser, sagte Monique und fügte hinzu: Wir sind unverschämt, Erik, wir langweilen uns und andere sterben. In der Tat, Monique, Afrika krepiert und wir langweilen uns! Wir kicherten. Zwei Drittel der Welt hungern, Abertausende jüdische und palästinensische Eltern beweinen ihre Soldatenkinder, erklärte ich, aber ich langweile mich! Schande, Schande! Und, auch wenn es beschämend ist, kann ich es nicht ändern. Ich will mich nicht schuldig fühlen, schmollte Monique und trank ihren Weißwein aus. Brauchst du nicht, tröstete ich und bestellte eine neue Flasche: Voltaire hat geschrieben, dass das Leben so gestrickt ist, dass man entweder vor Langeweile und Sattheit stirbt, oder man krepiert im Krieg oder vor Hunger. Blöde Alternative, sagte Monique, aber dein Voltaire hat den Krebs vergessen. Ich notiere ihn mir trotzdem, den Voltaire. Mit dir langweile ich mich nicht, Erik. Wir verstehen uns wirklich gut, nicht wahr? Ja, sagte ich und klang ein bisschen heiser.

Aber sag mal, Erik, du hast doch deinen Beruf geliebt, oder?

Ja.

Willst du mir nicht erzählen, warum du nicht mehr in die Schule möchtest oder kannst?

Nein.

Richtig. Ich würde bestimmt überall weiterplappern, dass du deine Reise mit der Klassenkasse der Neunten finanziert hast, oder … ja, ich werde Nelly, der ganzen Stadt Aachen und eines Tages sogar der *Bild*-Zeitung mitteilen, was du für ein brutaler Pauker gewesen bist, und ein Kinderschänder. Sie lachte. Ihr Doppelkinn sah gemütlich aus.

Sie schaute mich blinzelnd an, sah auf meine Lippen, die sich nur schweigend bewegt hatten. Sie zuckte mit den Achseln: Schweig nur weiter, irgendwann wirst du es irgendjemandem erzählen müssen, man kann viel in sich hineindrücken, aber auch das Kleingedrückte kommt raus, das kann ich dir schwarz auf weiß geben. Ich lachte und sie kicherte, sicher froh, mir dieses Lachen entlockt zu haben. Ja, Erik, sagte sie, ich weiß, ich weiß, du denkst, ich kann mir selbst nicht helfen, aber gerade deshalb kann ich versuchen, anderen zu helfen, oder? Leider will niemand meine Ratschläge annehmen, weißt du warum? Nee?

Sie hob den Blick zu den Plastiktüten mit den vor sich selbst erschrockenen Mücken.

Weil ich nicht die passende Figur dazu habe. Bin klein, dick, geliftet, verlassen und schon älter. Was hat das damit zu tun?, fragte ich, schon fürchtend, dass dieses Gespräch in einem Tränenbad enden würde, nimmt man heute nur Ratschläge von Models an? Sie lehnte sich auf ihrem Stuhl zurück und legte den Kopf auf ihre überkreuzten Arme. In ihren Achselhöhlen wuchsen neue Meerigel. Sie pflegte sich nicht mehr so sorgfältig. Jeder Rolle ihr Gesicht, seufzte sie. Glaubst du vielleicht, der Regisseur lässt dich eine dramatische Figur spielen, wenn du klein, blond und dick bist? Wenn ein Pfarrer mit grauem Gesicht oder eine dürre Philosophin mit schlichtem Kragenhemd dasselbe sagt wie ich, und dies in Duden-Deutsch, glaubt man denen hundertprozentig, weil sie ein Ratgebergesicht haben. Und du hast kein

Ratgebergesicht?, fragte ich interessiert. Nee, ich habe das Los des Hanswursts gezogen, sagen wir mal, das Los des lustigen Dummerchens, und als ich heiratete und mich in puncto Vermögen verbesserte, habe ich mich zur Rolle der Luxusgattin gesteigert, die leider nicht an die Knöchel ihres Manns heranreicht. Und das Alter macht nichts schöner oder besser: Wer mich vor dreißig Jahren nicht ernst genommen hat, der kann mich jetzt erst recht nicht ernst nehmen, und wer mich geliebt oder gemocht hat, tut es heute nicht mehr.

Die Hauptsache ist doch, du kannst selbst noch lieben.

O Gott! Liest du denn beim Friseur *Frau mit Herz und Seele*? Gefühle, Erik, die sind wie die Zähne, die vergilben, verfaulen oder fallen mit der Zeit aus, wenn man sie dir nicht ausreißt. Sie hielt inne: Spricht man deshalb vom Zahn der Zeit?

Nicht wirklich. Die Zeit selbst ist der Zahn, der an uns nagt.

Auf jeden Fall habe ich das Aussehen einer Quatschtante und wenn ich diese Rolle nicht spielen will, dann bleibt mir nur übrig, eine Burka zu tragen. Stell dir also vor, ich trage eine schwarze Burka und sag mir dein Geheimnis.

Ich trank aus:

Gut. Versteck es aber gut unter deinem Gewand.

25

Am Montag nach dem Spaziergang wartete ich ein Stündchen auf Viola, die noch mit Ingo im Lehrerzimmer an ihrem gemeinsamen Leseprojekt feilte. Ich saß unter einem majestätischen Ahorn, dessen Blüten den Hof mit gelbem Staub bestreuten und der im Herbst seine blutenden Blättern verlor, das beste Stück unserer Schule. Im Spätherbst hantierte der Hausmeister mit einem Monstrum von Laubsauger, der die Blätter im Nu vom Boden schlürfte. Der scheinheilige Typ wollte ihn aber unter dem Vorwand von Gesundheit und Sicherheit absägen lassen. Allergien, Stürme, der so alte Ahorn könnte auf Kinderköpfe krachen. Als hielten sich bei einem Sturm die Kinder auf dem Hof auf. Zurzeit schwankte Herr Wittkopf noch und studierte Gutachten. Fällen oder nicht fällen?

Die Schüler waren schon nach Hause gegangen. Ich hatte die Krawatte gelockert, die Hemdsärmel hochgekrempelt, und die Aprilsonne brannte schon auf meine nackten Unterarme. Am blauen Himmel flog ein Zeppelin mit einem Spruchband, das ich nicht entziffern konnte, und ich starrte abwechselnd auf die gelben Dolden des Baumes und zum Werbeband hin, schob noch ein bisschen den genüsslichen Augenblick hinaus, wenn ich die DIN-A4-Blätter lesen würde, die ich eben in meinem Fach gefunden hatte: Johannas fünfte Deutung von *Der Aufbruch*. Montags hatte ich keinen Unterricht mit meinem Leistungskurs Deutsch, und deshalb hatte ich die große Pause in Gesellschaft von Marleen auf dem Hof verbracht, in der Hoffnung, Johanna wenigstens zu erblicken, aber sie hatte sich wahrscheinlich im Aufenthaltsraum der Oberstufe verkrochen. Die vier Stunden in der Mittelstufe danach hatte ich in einem fiebrig-dämmrigen Zustand hinter mich gebracht und eine Pause genutzt, um rasch an den Räumen vorbeizustreifen, in denen ich sie vermuten konnte. Ihre Blätter in meinem Fach hatten mich wieder lebendig gemacht und auch ein bisschen beruhigt, als wären sie ein Beweis der zurückgekehrten Normalität zwischen uns.

Ich las und las und verstand nichts von dem, was ich las, jeder Satz war chinesisch oder verwischt. Ich starrte blöd auf die Zeilen, die wie die schwebenden Werbefahnen des Luftschiffs zitterten, ihren Sinn ausschütteten, um sich mit meiner Sehnsucht zu füllen. Sie ließen das Gesicht, den Geruch, den Körper Johannas durchscheinen. Ich wollte sie sehen, ich wollte sie umarmen. Ich wollte sie spüren. Alle Worte fügten sich zu gekräuselten Schamhaaren, meine Finger auf dem Blatt streichelten kleine Brüste. Meine Hände bebten und fühlten sich zu dick, zu grob und zu feucht an. Als ich Viola und Ingo hörte, die lachend und viel zu früh auf mich zukamen, verstaute ich schnell die Blätter in meiner Tasche. Ingo hatte seinen Arm um Violas Schultern gelegt und die beide lachten, glücklich, frei. Sie brauchten sich nur anzusehen und schon fühlten sie sich bestärkt in ihrem Lehrer-Selbstbewusstsein. Ich bemühte mich um einen Scherz über das flirtende Duo, Ingo lachte ein bisschen falsch, Viola krähte nur: Ach, ach, lustig, lustig, konnte aber ihre plötzliche Röte nicht verstecken. Ach, ach, dachte ich, lustig, lustig.

Unsere Tochter kam an diesem Tag zu Besuch, sie brachte ihre Wäsche mit. Viola freute sich demonstrativ, dass wir jetzt alle drei zusammen essen konnten, wir alle waren sichtlich erleichtert, Papa-Mama-Kind zu spielen. Die Eltern fragten, die Studentin erzählte, die Eltern tauschten keinen Blick und schauten ihr Kind an. Dann ging unsere Tochter ihres Weges und die Eltern verschwanden, jeder in sein Arbeitszimmer, und machten sich an ihre Hausaufgaben. Mich erwarteten zwei Stöße Hefte, Klassenarbeiten aus der Mittelstufe. Aber vorher wollte ich Johannas neueste Deutung noch einmal und ruhiger, mit mehr Abstand, lesen. Und mir zuerst Kafkas Parabel vornehmen. Diese las ich inzwischen zum x-ten Mal und ich versuchte jetzt, sie auswendig vor mich hin zu flüstern, prüfte immer wieder am Original nach, stellte fest, was für Bedeutungsunterschiede leichte Verfälschungen des Textes hervorbringen konnten (ich sagte zum Beispiel: »Ich gehe selbst hin« anstatt »in den Stall« zu wiederholen, vergaß die Worte »sattelte mein Pferd« und sagte dafür: »ich stieg auf das Pferd«, »du kennst dieses Ziel« anstatt »dein Ziel« und so weiter, »wirklich« für »wahrhaft«). Danach las ich *Der Aufbruch* noch einmal laut, was ich öfter mache, um einem Text neues Leben einzuhauchen, eine Übung, die jetzt aber absolut überflüssig war. Ich rezitierte den Text in einem Reitrhythmus, den ich nicht lange durchhalten konnte, und schloss die Augen: Vor mir wellte sich der Sand eines goldenen Horizonts, ein Reiter ritt mit seinem Pferd aus dem Stall und galoppierte in die Wüste, bald verschwand er, eine Fata Morgana, ich hörte nur den schnellen Rhythmus meiner Herztöne. Der Sand erhob sich zu Dünen, es spritzten Ockerfarben um mich herum, ich glitt in einer rieselnden Sanduhr herab. Ich zerpflückte die Worte, die Silben, die Buchstaben, Ferne, Trompete, Ziel, bis ich keinen Satz mehr verstand und dasaß, erschöpft, als hätte ich selbst einen Treck in der Wüste hinter mir. Stall, Diener, weg von hier, der gesamte Haufen Wörter purzelte auf mich herab. Ferne, Trompete, weg, weg von hier. Weg von hier. Weg von hier. Dreitaktrhythmus, verzweifelter Galopprhythmus, weg von hier und Johanna. Was ist los?, fragte meine Frau, die in mein Zimmer eingetreten war. Wir klopften nie an, waren verheiratet, eng vertraut, alte Liebhaber, alte Komplizen, teilten Bett, Bad, Bankkonto und die Morgenzeitung, hatten uns beim Aufwachen unsere intimsten Nachtträume anvertraut, vögelten noch ab und zu miteinander, auch wenn unsere Zärtlichkeiten mit der Zeit flügellahm geworden waren, nach wie vor halfen wir uns im Beruf und im Alltag gegenseitig, überall erschienen wir zu zweit, im Lehrerzimmer, bei Freunden, in Geschäften. In der letzten Zeit nur viel seltener. Und jetzt mochte ich ihre Stimme gar nicht mehr, und sie schaute mich entgeistert an und ängstigte sich vor dem, was sie sah:

Du weinst? Was ist denn los mit dir? Ich zerdrückte die Tränen wie juckende Insekten unter meiner Hand, nichts ist los, ich bin müde, eine kleine Depression, so was in der Art. Diese Schüler, das Zeug, das ich korrigieren muss (ich zeigte auf die Hefte der Neunten!), die Kollegen, der Wittkopf, das Alter, was weiß ich. Sie ließ sich nicht beirren, komm, Erik, erzähl keine Märchen, seit wann weinst du, weil du ein paar Diktate korrigieren musst? Sie bohrte nach, ängstlicher und ärgerlicher, und angesichts meines Schweigens und Seufzens kippte dann ihre Stimme: Sie spüre schon seit Tagen, dass etwas nicht in Ordnung sei, mein Schweigen sei ein Verrat an unserer Gemeinsamkeit, was bedeute ein Eheleben noch, wenn man sich dem anderen nicht mehr anvertraue, wenn man so klammheimlich vor sich hin weine, ach, mein Gott, Erik, muss ich mir Sorgen machen? Der hochtrabende Ton ihrer Vorwürfe hätte mich fast erheitert, die letzten Worte klangen dafür schier hysterisch. Ich blieb stumm: Warum sagst du nichts? Hör mal, Erik, hat es mit Johanna zu tun? Mit der Malerin? Oder eher mit Marleen? Du hockst doch immer bei ihr in der Pause, ist da was zwischen euch? Ich schüttelte genervt und doch erleichtert den Kopf. Sie habe mich, erklärte Viola, auf dem Hof bei der Niederländerin gesehen, obwohl ich selbst keine Pausenaufsicht gehabt hätte, und, mein lieber Erik, du hast nie gern auf deine Pausenruhe verzichtet und auch nicht auf den Kaffee im Lehrerzimmer. Ich konnte nur die Schultern hochheben und schwach protestieren, was sie da für einen Unsinn erzähle, Marleen könne nett erzählen, ich hörte ihr gern zu. Und, liebe Viola, ich fürchte, du willst nur von dir und Ingo ablenken. Viola schüttelte empört den kurz geschorenen Kopf. Es fielen langweilige Beteuerungen, denen ich nicht mehr zuhörte. Ich bat sie, mich in Ruhe zu lassen, nur Ruhe brauchte ich, und ich könne es schwören, alles sei in Ordnung, jeder könne mal ein kleines Tief erleben, ich selbst wisse nicht mal, warum ich … Als ich »ich selbst« aussprach und die erste Silbe betonte, sprang ich in tausend Stücke und mein ganzer Körper brannte, als bestünde er nur aus Schürfungen und frischen Narben. Beinahe hätte ich ihr alles gebeichtet. Burn-out eben, so was in der Art, murmelte ich. Und jetzt muss ich arbeiten. Viola änderte die Taktik und bestand mit Krankenschwester-Stimme darauf, dass ich ihr endlich in die Augen schaute. Ich hatte die ganze Zeit den Blick auf ihren Schritt gerichtet, der in einer grauen Flanellhose mit Bügelfalte steckte, und wälzte einen Brieföffner von einer Hand in die andere. Du hast dich verändert, sagte sie, du wirkst angespannt, fast aggressiv. Du bist nicht bei der Sache. Welcher Sache?, fragte ich. Ach, Erik, deine Haarspalterei. Es folgte noch eine Reihe gut gemeinter Ratschläge: Ich solle dringend zum Arzt gehen, Depression dürfe man nicht auf die leichte Schulter nehmen, Karla (eine ältliche Kollegin, die in den Problemen ihrer Nächsten so ungeniert wie in ihrem Strickkorb herumwühlte – sie produzierte unaufhörlich Wollsachen in den Pausen und die Nadeln glichen operierenden Instrumenten der Genesung, dazu bestimmt, Beziehungsknoten zu entwirren), Karla kenne einen hervorragenden Psychiater, mit dem sie gut genug befreundet sei, um mir einen schnellen Termin vermitteln zu können. Viola stand jetzt hinter meinem Rücken und hielt die Hand auf meiner Schulter, eine kameradschaftliche Geste, die ich auf einmal nicht mehr vertrug. Ich schüttelte mich und sagte böse: Ich brauche keinen Psychiater, ich weiß, was ich habe, lass mich jetzt bitte in Ruhe. Dieses »Ich weiß, was ich habe« erschien mir als ein perfektes Beispiel für die sprachlichen Verdrehungen, die Selbstlügen und Halbwahrheiten, die mein tägliches Brot ausmachten. Was ich hatte, was ich besaß, war nicht mit meiner Frau teilbar, und es war ein wertvolles, wenn auch verbotenes Gefühl. Wie du meinst, sagte sie beleidigt und ging endlich. Ich las erneut die fünfte Deutung.

Wer ist der Reiter?

Die Frage ist nicht sehr bedeutend, denn es geht hier um die Aktion Aufbruch und weniger um den Reiter. Aber da wir selbst leben, wollen wir wissen, wer die Lebenden einer Geschichte sind, so abstrakt sie auch sind. Der Reiter ist sicher der egozentrische Schriftsteller selbst, der in seinen Gully-Text hinuntersteigt, um in dem Kanalisationslabyrinth seines Innenlebens zu waten, ohne zu wissen, wohin und wie weit es ihn führen wird. Sein Text umkreist die Geschichte des Magersüchtigen, der Essensvorräte ausspeit, um einem verhassten Leib zu entgleiten. Er umschließt die Geschichte des sechzehnjährigen Obdachlosen, der seinem Zuhause den tätowierten Rücken zudreht und sich mit Hund an der Seite und Flasche am Mund (der Alkohol als Vollblut) auf einem Berliner Trottoir niederlässt. Auch die seines Freundes, eines anderer apokalyptischen Reiters, der sich den goldenen Schuss verpasst. Die des selbstmörderischen Wellenreiters, der seiner Erschöpfung entgegensurft und weiß, die schlimmstmögliche Wendung wäre jetzt, zu seiner Frau, seinen Kindern und seiner Pleite zurückzukehren. Die des erhängten Gefangenen, der keinen anderen Aufbruch-Weg sah. Selbstmord als Edelritt, als einziges Tor zur Freiheit? Weniger tragisch und auch plausibel der Mönch, der Güter, Eltern, Freunde, Frauen hinter sich lässt, um in die erhabene Stille eines Klosterlebens einzutreten? Oder gar ein Eremit, ein Prophet, der nach vierzig Tagen Fasten in der Wüste sein karges Leben für die Menschheit (was für ein Idiot!) opfert? Oder umgekehrt der Priester, der sein Messgewand in die Brennnesseln schmeißt, um in den Armen einer Frau neu geboren zu werden. Ich vergesse auch nicht den emigrierenden Afrikaner, der mit seinem Land bricht, um sich auf eine »wahrhaft ungeheure Reise« einzulassen. Und auch nicht die Frau, die zum Mann wird, den Mann, der zur Frau wird, den mutigen Geschlechtswandler, der sich zu einer neuen, wahrhaften Geschichte bekennt. Aber, Erik Jansen, warum nicht auch der Terrorist, dessen schlimmste Version Kafka noch nicht kannte? Er wusste noch nichts vom Dschihadisten, der sein hohes Ross gegen ein Flugzeug tauscht und mit Sprengstoff in der frisch gewaschenen Socke nach New York fliegt, um Tausende von Menschen in die Hölle zu schicken. Der Aufbruch als literarische Mobilisierungsschrift für Heilige Krieger. Die strenge Askese, die Todessehnsucht des Helden, das passt doch prima zu diesen Selbstmordattentätern. Und natürlich passt der Text zur Flucht anderer Opfer, damals, als die Nazis alle Juden vernichten wollten, die Glücklichsten ließen ja alles hinter sich, um über die Grenze zu kommen, während sich die übrige Bevölkerung taub stellte, und so kann man auch den Text als Vorahnung des jüdischen Exils und den Aufbruch als Rückkehr nach Israel sehen.

Selbstverständlich ist der Reiter auch eine Reiterin. Ist die Geschichte nicht voll von solchen Figuren, von der Jungfrau von Orléans, die auch Trompeten oder Ähnliches hörte, und anderen Müttern Courage? Man denkt aber selten an eine Frau, wenn man die Person des Reiters analysiert: Weil die Frauen meistens selbst das Tor sind, das die Männer durchschreiten. Wenn Frauen einen Aufbruch wagen, dann meistens aus Liebe, Liebe zu Gott, zu einem Mann, zu ihren Kindern, zur Menschheit.

Ich hätte den Reiter so gern als couragierten Lehrer gesehen, der fremde und eigene Ermahnungen in den Wind schlägt, alle Risiken verschmäht und seine fast siebzehnjährige Schülerin verführt. Ach, lieber Erik, glauben Sie, dass die literarische, geistige Aura des Namens Kafka uns davor schützt, die deutliche Botschaft des Textes auf eine ganz persönliche Weise nachzuvollziehen? Ja, wahrscheinlich glauben Sie das, Sie und alle anderen plumpen Lehrerchen. »Der Aufbruch« ist ein Ruf nach Freiheit, Ihnen aber musste man dazu verhelfen. Leben Sie wohl, in Liebe, Johanna.

26

Ich wurde schon am nächsten Tag, Dienstag, nach dem Unterricht zu Herrn Doktor Wittkopf bestellt. Sein Zimmer war in dem alten Gebäude der Schule untergebracht und größer als ein Klassenzimmer. Hohe Decken mit Stuck, alte Mahagonimöbel, ein Orientteppich flößten jedem Besucher Respekt ein. Herr Doktor Jansen, räusperte sich der Direktor, ich habe Sie in einer peinlichen Angelegenheit kommen lassen und Sie können es mir glauben, höchst ungern. Nehmen Sie bitte Platz. Er klopfte dreimal mit den Fingern seiner rechten Hand auf das Edelholz seines Schreibtischs und stieß einen langen Seufzer zwischen den fleischigen Lippen hervor. Schüler und Lehrer, Herr Doktor Jansen, arbeiten partnerschaftlich zusammen, klar, eine gewisse Distanz ist dabei vonnöten, Sie wissen das genauso gut wie ich. Ein guter Lehrer – und Sie sind zweifelsohne ein guter Lehrer – unterstützt den Schüler, die Schülerin (bei diesem Femininum hob er hündisch die Oberlippe und entblößte seine Schneidezähne), die Kommunikation soll aufblühen, aber, ich sage es noch einmal, eine gewisse Distanz ist vonnöten. Sie wissen genauso wie ich (der Direktor mochte es, seine Reden mit Wiederholungen und Redundanzen zu strukturieren, was seinem Text immer einen Litanei-Charakter verlieh, von dem er sich vielleicht eine hypnotisierende Wirkung versprach), Herr Doktor Jansen, Sie müssen es doch wissen, dass so junge Menschen von besonderer Empfindsamkeit sind, ja, leicht aus der Fassung zu bringen, Sie wissen, wie schnell sie ihr seelisches Gleichgewicht verlieren können (der Direktor liebte detaillierte Umschreibungen, wie alle Menschen, die gern in ihrem Redefluss baden, hoffend, aus dieser Brühe kräftiger und mächtiger herauszusteigen). Das Lehrer-Schüler-Verhältnis, Herr Jansen, ist von pädagogischer, didaktischer Natur, eine Binsenweisheit, ich weiß, die leider gewisse Kollegen verdrängen, und, auch wenn wir stets freundlich und wohlwollend sein müssen, darf das über diese Grenzen doch niemals hinausgehen. Ihre Schüler, Herr Jansen, und das wissen Sie so gut wie ich, sind keine Kumpel, keine Freunde, keine Freundinnen ... Die Sekretärin klopfte an, und während sie flüsternd den Schulleiter um einen Termin für eine Schülermutter bat, die am Telefon wartete, schöpfte ich Hoffnung, dass die Schelte nur der vielleicht allzu vertrauten und ungenügenden Führung meiner Klassen galt. Seine weiter verdüsterte Miene, als er sich wieder zu mir wandte, nahm mir jede Hoffnung, auch wenn diese Visage mich an die Facies des Vice-Questore Patta im Fernsehfilm erinnerte, der Commissario Brunetti serienweise tadelte. Brunetti war allerdings immer unschuldig und rein und klug. Die Oberlippe überstülpend, schnauzte mich jetzt der Vice-Questore an: Ja, Herr Jansen, ein allzu vertrautes Verhältnis, eine allzu enge Begleitung der Schularbeit, eine allzu freundliche Beziehung zu einem Schüler, vor allem aber zu einer Schülerin, können zur Katastrophe führen. Die Schülerin verliebt sich. Jawohl. Die Schülerin sieht in der Person des Lehrers alles, was sie gern sehen möchte: Das wissen Sie doch, Jansen! Sie sieht einen Meister, einen Ersatzvater, einen verständnisvollen Freund, einen Entdecker ihres interessanten und verkannten Teenagerwesens, sie entdeckt ihre große Liebe! Ein Lehrer vor der Klasse, Herr Jansen, fokussiert alle Blicke, kristallisiert alle Gefühle, weckt die absurdesten Leidenschaften. Wie konnten Sie diese Gefahr ignorieren, wie konnten Sie, in Ihrem Alter, bei Ihrer Erfahrung, bei Ihrem soliden Ruf, in eine solche Falle tappen? Er klopfte zweimal mit beiden Handkanten auf den Schreibtisch, ließ die Hände flach liegen und erhob sich leicht, als wollte er mir Liegestütze vorführen. Jetzt haben wir den Salat!

Auch ich musste mich an seinem Schreibtisch festhalten, als ich eine Viertelstunde später und nach der Erfüllung der schlimmsten Prophezeiungen aufstand, aufstehen musste: Ich spürte in der

Wade einen Krampf kommen, den ich vergeblich zu unterbinden versuchte, indem ich den Fuß nach innen streckte. Wieso, flüsterte ich, und woher …

Bleiben Sie sitzen, Herr Jansen, ich bin nicht fertig. Die Lehrer-Schülerin-Beziehung ist also die gefährlichste, die schwierigste Beziehung überhaupt und … Er hielt inne, schien in sich hineinzuhorchen, als hätte er etwas Wichtiges ausgelassen, und ich versuchte erneut, die Pause zu nutzen: Entschuldigen Sie, sagte ich, ich habe einen Krampf in der Wade, ich höre Ihnen zu, muss mir aber die Beinen vertreten. Ich humpelte auf und ab, vom Schreibtisch zum Fenster und zurück. In der Tat zog es jetzt fürchterlich im rechten Bein und im großen Zeh. Magnesium, sagte Herr Wittkopf, täglich Magnesium hilft, und mehr Wasser trinken. Ich sagte: Wasser. Das Schüler-Lehrer-Verhältnis, Herr Jansen, ist ein institutionelles Verhältnis, und sollte man dies missachten und aus diesem institutionellen Verhältnis ein allzu persönliches beziehungsweise intimes Verhältnis machen, holt einen die Institution ein und zieht die Konsequenzen. Worauf haben Sie sich da eingelassen, Herr Jansen? Seine Standpauke drohte, in eine endlose Schleife auszuarten, und mir war übel. Vielleicht kommen Sie auf den Punkt?, schlug ich vor. Wittkopf wurde violett und auch er rückte brutal seinen Stuhl nach hinten sich und stand auf: Auf den Punkt sind Sie mit Johanna Limbach in der Tat schnell gekommen.

Die Schmerzen in der Wade ließen nach, waren aber bis zum After vorgedrungen, ich versuchte die Pobacken zusammenzukneifen, dann zu entspannen, aber mit wenig Erfolg. Ich tigerte auf und ab vor dem Schreibtisch des Schulleiters, der mich mit Interesse beobachtete, vielleicht in der Erwartung, dass das Raubtier in mir zu brüllen beginnen würde. Am Fenster angelangt, starrte ich nach draußen, wo im leeren Schulhof – alle waren in der Kantine oder nach Hause gegangen – nur ein Junge einen ganz kleinen Ball kickte, oder einen Stein. Sie sind blass, Herr Jansen, und sehen schlecht aus. Das sind die Krämpfe,

Herr Wittkopf. Das schlechte Gewissen, sagte meine Mutter, die jede Regung einem Organ zuschrieb – die Eifersucht sitze in der Leber, die Angst schnüre den Hals zu, der Hass wüte in der Magengrube und so weiter, nur die Liebe habe keinen Ort, weil sie ein Findelkind der Dichter sei. Die Scham stach anscheinend im Anus. Aber das Gefühl, das mich überwältigte, und von dem die körperlichen Schmerzen mich nur flüchtig abgelenkt hatten, trug keinen Namen, ein böses Tier hatte von mir Besitz ergriffen und ließ das Lebendige in mir nach und nach ersticken, es hielt mir Mund und Nase zu. Wer hat sich beklagt?, fragte ich, kaum hörbar. Johannas Mutter?

27

Ich erzählte Monique eine Kurzfassung meiner Geschichte. Ich sagte ihr, dass ich mich in eine Schülerin sehr verliebt hätte, und auch sie sich in mich, und dass wir uns allein getroffen hatten, einmal, ein einziges Mal. Oh là là, sagte sie, und was ist da passiert? Und Monique war der erste Mensch, dem ich die Wahrheit sagte, selbst erstaunt, wie schlicht diese doch war. Bei unserem einzigen gemeinsamen Spaziergang, sagte ich, widerstand ich der Versuchung, jawohl (Monique schaute enttäuscht), ich, der Ungläubige, widerstand Beelzebub und seinem Teufelsgefolge nur, weil Gesetz und Angst mich auf einmal sittlich und impotent machten, weil sich die Feigheit wie eine riesige Krake ausgebreitet hatte, die mit hundert Armen jedes Flämmchen erstickte. Du lächelst, Monique? Du hast recht, ich war ein Jammerlappen. Zum Kotzen. Ich verzehrte mich zwar vor Liebe und Gier, konnte aber nur ein lachhaftes, demütigendes Nein sagen, nein, Johanna, ziehen Sie sich bitte wieder an, bitte. Und am Ende, als sie sich nach dem schönsten Kuss meines Lebens an mich krallte, habe ich sie mit Gewalt zurückgestoßen und ihr die Kleider in die Arme geworfen. Und sie wie ein verzogenes Kind angeherrscht: Zieh dich sofort an. Und ihr mein verheultes Gesicht gezeigt. Das machte die Sache sicher nicht besser, sagte Monique, wer ist denn Beelzebub? Hat er dich denunziert?

Nein, Herr Jansen, sagte Herr Wittkopf. Ihre Verfehlung habe ich nicht von Johannas Mutter erfahren.

Ich will keinen Namen von Kollegen hören, antwortete ich, Sie können sich jeden Namen sparen, ich will es nicht erfahren.

Wahrscheinlich weil Sie es schon wissen. Johanna Limbach ist selbst zu mir gekommen. Sie hat sich dezent, aber klar ausgedrückt und ich habe keinen Grund, an ihrer Aussage zu zweifeln. Johanna ist eine Schülerin, die nie viel Aufmerksamkeit beansprucht hat und deren Seriosität wir nicht anzweifeln dürfen.

Johanna?

Ja. Sie erklärte, dass Sie sie schon länger belästigen. Sie sind mit ihr unter dem Vorwand, ihre verschiedenen Arbeiten über Kafka besprechen zu wollen, in die Eifel gefahren. Johanna gibt zu, dass es nicht klug war, Ihrem Vorschlag zu einer Spazierfahrt zuzustimmen, sie hätte auf der Hut sein müssen, sagte sie, aber schließlich sei sie darauf erpicht gewesen, wie Sie, ihr Lehrer, ihre Arbeit beurteilen würden, sie habe Sie sehr bewundert und wollte sich aufrichtig mit Ihnen austauschen. Außerdem hätten Sie am Tag zuvor ihrer Mutter ein Bild abgekauft, worüber sich beide sehr gefreut hätten. Wollten Sie vielleicht die Mutter auf Ihre Seite ziehen, Herr Jansen? Auf jeden Fall habe Johanna nicht mit sexuellen Übergriffen gerechnet.

Der Krampf wütete doppelt so schlimm in meinem Inneren. Ich würde mich gleich auf seinen Schreibtisch übergeben, wenn er weiterredete. Ich schnappte nach Luft. Herr Wittkopf stöhnte: Was genau passiert ist, wollte das Mädchen lieber verschweigen, aber ihr Schweigen, lieber Herr Jansen, sprach Bände. Ihr Blick, ihr trauriges Gesicht, Herr Jansen, ihre Scham. Er habe sie nach ihren Absichten gefragt, ob sie Anklage erheben wolle, ob sie mit ihren Eltern gesprochen habe. Sie werde keine juristischen Schritte einleiten, sagte sie, nein, das würde sie nicht tun. Sie wolle nur die Schule verlassen, sofort. Ich habe sofort einen befreundeten Kollegen angerufen, Johanna darf für die letzten Wochen des Schuljahrs seine Schule besuchen.

Der Direktor war aufgestanden und wartete geduldig, bis ich dasselbe tat. Als ich meinen Hintern aus dem klebenden Leder erhob, machte das ein kleines Sauggeräusch. Mein Hemd pappte an meinem Rücken.

Auch ich möchte die Sache nicht an die große Glocke hängen, Jansen. Es ist nicht in unserem Interesse, nicht in Ihrem und nicht mal in Johannas Interesse. Ich denke auch an Ihre Frau, vor allem an Ihre Frau, Herr Jansen, und an Ihre Tochter, die auch an dieser Schule war und die ich in sehr guter Erinnerung habe. Sie waren ein hervorragender Lehrer, und niemand ist fehlerfrei. Sie können also froh sein: Es wird keinen Vermerk in Ihren Akten geben. Aber, Jansen, Sie bleiben nur bis zu den Sommerferien an unserer Schule, so schnell und unauffällig kann ich leider keine Vertretung finden. Im nächsten Schuljahr gehören Sie nicht mehr zu unserem Kollegium. Lassen Sie sich selbst einen guten Grund einfallen. Wir werden Ihre Verabschiedung ganz normal feiern. Sie können gehen.

Er öffnete die Tür zum Sekretariat. Eine der Sekretärinnen stand auf und öffnete mir die Tür, als wäre ich ein Greis, dem man Respekt schuldet. Ihr Blick war nicht zu entschlüsseln. Der Flur hatte sich verengt. Ich strauchelte an schwitzenden Wänden entlang.

Dann lief ich über den Hof und durch die Eingangstür, und dann sah ich Johanna. Sie stand kerzengerade in der Sonne, trug den kurzen Jeansrock, den sie bei unserem Spaziergang angehabt hatte, und ein gelbes T-Shirt mit Aufschrift. Ich konnte die Aufschrift nicht erkennen, sie war zu weit weg und das Licht blendete mich. Ich vernahm eine Bewegung ihrer rechten Hand, ein schnelles Zeichen, einen Wink.

Und danach, fragte Monique? Bist du weiter in die Schule gegangen, wie immer? Wir liefen jetzt am Strand entlang. Das Wasser plätscherte um unsere Füße.

28

Ich ging am nächsten und an den darauffolgenden Tagen weiter in die Schule und unterrichtete, auch in Johannas Kurs, vor ihrem leeren Stuhl. Ich erfuhr von ihren Mitschülern, dass sie eine Privatschule mit Internat in Süddeutschland besuchte. Die Zwölften saßen brav, geduldig, sie machten sich Notizen und beantworteten meine Fragen. Wenn ich ihnen aber den Rücken zudrehte, um auf der Tafel etwas zu schreiben, meinte ich immer ein tiefes, sehr leises Stimmengewirr zu hören. Drehte ich mich um, sah ich nur ausdruckslose Gesichter.

In den Wochen darauf wich meine Bestürzung einer eisigen Traurigkeit. Mein Kollege David behauptete, während sich in China die Wüste ausbreite, lege sich im Westen eine neue Traurigkeit nieder, passend zu der alten Nouvelle Cuisine und dem nüchternen Architekturdesign unseres Jahrhunderts. Sie entstehe aus den feinen Molekülen der Sattheit und der Gleichgültigkeit. Bonjour, nouvelle Tristesse. Ich selbst kannte wie jedermann die Schwermut der Jugend, die sich zum Weltschmerz veredelte, den Liebeskummer, die Trauer nach dem Tod der Eltern, das ohnmächtige Mitleid beim Unglück eines geliebten Menschen, oder das Bittere der Enttäuschung und manche Variationen der Depression. Was sich aber in mich hineinbohrte, war das Bewusstsein einer anderen Realität, die mich erfrieren ließ. Aus Wittkopfs Zimmer war ich in ein Tal mit hohen Schieferwänden gestolpert, die Feuchtigkeit ausschwitzten, und es schien, als könnte ich dieses Tal nie mehr verlassen. Ich spürte meinen kalten Rücken, meine feuchten Hände, es glühte hinter meiner Stirn ein Knoten von unaussprechbaren Gedanken. In meinen vier Wänden erstarrte ich und blieb stundenlang untätig. Ich saß gebückt in meinem Schreibtischsessel und ähnelte einem alten

Mann, den das Leben so weich und schräg geklopft hat. Viola, die ohnehin immer seltener zu Hause war, gab sich beunruhigt und bat mich ständig, einen Psychiater aufzusuchen. Erst eine Woche später – Wittkopf hatte sie noch nicht informiert – erklärte ich ihr, dass ich am Ende des Schuljahrs unsere Schule verlassen würde. Sie kam gerade von einem Treffen mit Ingo und den Schülern des Euregio-Literaturpreises und grüßte fröhlich und aufgekratzt. Ich hatte mich aufgerafft, die verwelkten Fliederdolden im Garten abzuschneiden. Sie redete ohne Punkt und Komma: Wie verschieden die Meinungen über die Romane von Daniel Glattauer und Stefan Brijs, wie frisch, enthusiastisch die Diskussion gewesen war, wie frei, aufgeschlossen die Schüler, und dass sich die Vorurteile über die verschiedenen Geschmäcker von Jungen und Mädchen nicht hundertprozentig bestätigt hatten, du würdest es nicht glauben, mein Lieber, aber so ist es wirklich, es gab immerhin zwei Jungen, die den E-Mail-Roman von Daniel Glattauer bevorzugten, und mindestens drei Mädchen schwärmten für den futuristischen Roman von Brijs, dies habe für eine wahre Überraschung gesorgt. Ich habe auch eine Überraschung, sagte ich matt, und stieg von der Leiter, in einer Hand noch die Gartenschere, in der eine verrottete Dolde klemmte, aber Viola fuhr in ihrer Begeisterung fort, Ingo nämlich, der mit ihr eine Wette eingegangen sei, dass gar kein Mädchen für Stefan Brijs stimmen würde, habe seine Wette verloren und sie zu einer Pizza eingeladen, deshalb komme sie so spät. Was Literatur alles kann!, brummte ich, auf jeden Fall, dich glücklich machen. Ich sah sie erröten, ihren Blick interessiert zum Flieder wenden, und hörte ihre veränderte Stimme: Schön, dass du wieder Gartenarbeit machst. Was meintest du eben? Du hast eine Überraschung für mich? Wie man es nimmt, sagte ich. Ich verlasse die Schule. Die leichte Röte ihres Gesichts verdunkelte sich. Was sagst du, Erik?

Es gefiel mir, Viola aus der Fassung gebracht zu haben und stottern zu hören: Spinnst du? Warum willst du die Schule verlassen? Ist es wegen mir, habe ich etwas damit zu tun? Und da ich nur etwas Undeutliches stammelte, stotterte sie weiter: Also, ich, ich verstehe das nicht, ist es, weil, verdammt, was ist jetzt los, Erik? Du weißt doch, mit Ingo, ach Gott, das geht doch vorbei, so wichtig ist die Sache nicht, du willst doch nicht deswegen …? Ich hielt mich zurück, genoss ihre Verwirrung und hörte nur von sehr weit weg, wie Viola brabbelte, dass sie mich doch noch lieb habe und wir ein Paar seien und dass man nichts dramatisieren solle …

Ich muss die Schule verlassen, korrigierte ich, ich bin mehr oder weniger entlassen. Wittkopf hat mir die Wahl zwischen einer freiwilligen Kündigung und einem peinlichen Disziplinarverfahren gelassen, auch noch mit juristischen Schritten von Johannas Eltern. Ich … Violas Gesicht wechselte nochmals die Farbe, sie erblasste und zitterte vor Aufregung. Ich merkte auf einmal, dass ihr Hals nicht mehr straff war, die Haut bebte leicht vom Kinn gelöst, was mir bis jetzt völlig entgangen war. Das kommt davon, wenn man den anderen nicht mehr so genau ansieht. Ich versuchte die letzten Worte des Direktors wörtlich zu wiederholen. Es gehe um sexuelle Nötigung von Schutzbefohlenen. Ich verziehe mich also lieber. Viola blieb mit offenem Mund stehen. Und wohin willst du? Und wovon willst du leben?, fragte sie. Du könntest in der Zwischenzeit deinen geliebten Mann unterstützen, grinste ich. Meine ironische Stimme tat mir gut. Ich habe dir eine Pizza Quattro Stagioni mitgebracht, sagte sie, sie liegt auf dem Küchentisch, iss, bevor sie kalt wird.

Sie fragte nicht, ob die angedrohte Klage gerechtfertigt war, ob ich in der Tat mit Johanna eine sexuelle Beziehung gehabt hätte. Sie ging davon aus.

29

Liebe Gäste, erzählte Omar, dieses Viertel, diese Villen, gehören reichen Ausländern. Macht Sie das böse?, fragte jemand. Nicht, dass sie Ausländer sind, antwortete Omar, nein, in diesem Teil der Erde vermischen sich die Völker seit Menschengedenken. Was mich aber manchmal böse macht, ist die Kluft zwischen Reichtum und Armut, aber was soll's? Wir müssen uns mit vielem abfinden. Ich glaube ihm nicht, dass er sich mit der Situation abfindet, flüsterte mir Monique ins Ohr. Die Straße führte jetzt an Flammenbäumen und Schirmakazien vorbei. Omar zeigte uns auch die Pfefferbäume, und Monique flüsterte mir zu, ich habe keine Lust, nach Aachen zurückzufahren, sollten wir nicht dableiben, wo der Pfeffer wächst? Omar machte uns auf eine Eisenbahnlinie aufmerksam, mithilfe der Deutschen gebaut, sagte er – das hebt deutlich das Selbstbewusstsein der lieben Gäste, lächelte Monique–, vor dem Ersten Weltkrieg, um das Phosphat zu transportieren. Wir stiegen aus und die Sonne ließ unser Gehirn brodeln, man könnte hier den Energiemangel mit Sonnenenergie lösen, sagte uns Omar, nicht meinen, sagte Monique, ich bin todmüde und möchte nicht mehr. Wieso bist du todmüde?, fragte ich Monique, wir sind noch kaum gelaufen. Ich schlafe schlecht, antwortete sie, obwohl ich Schlaftabletten nehme. Ich suche nach Antworten, die nirgends zu finden sind. Sie zeigte auf die jetzt sehr öde Landschaft.

Wir fuhren mit uralten Jeeps in das Wadi Rum, Sandstein, Sand, bizarre, zerklüftete Landschaften. Gelbe, orange, ockerfarbene, rote, dunkle Streifen. Alles sehr weit, sehr schön und sehr einsam. Wir pflügten den sandigen Boden, ein Greifvogel zog seine Kreise über unseren Köpfen. Ich habe meine Sonnenbrille verloren, sagte Monique, so ein Mist, ich vertrage diese blöde

Sonne nicht. Beduinen leben hier, erklärte Omar, einige sind Nomaden, einige leben vom Tourismus. Sie haben ihre Zelte hier aufgeschlagen. Würde man aber fünfhundert Meter weiter laufen, sagte Omar, könnte man diese Zelte nicht mehr sehen, und wenn man einen halben Tag liefe, würde man nicht mehr zurückfinden, jede Spur sei durch den Wind schnell verwischt. Hier, schlug ich Monique vor, nimm meine Brille, meine Augen sind nicht so empfindlich. Omar sagte, er sei sogar mit seinen eigenen Kindern hier gewesen, um ihnen die schönste Landschaft der Welt zu zeigen. Man könne diese Wüste nicht beschreiben, sie entziehe sich jeder Darstellung, sie sei mehr als eine Landschaft und man müsse sie mit eigenen Augen sehen. Wir teilten seine Begeisterung. Wir tauchten in ein mineralisches Licht, in eine Farbe, die kein Rosa, kein Rot, kein Braun, kein Violett war. T.E. Lawrence sprach von einem »Tod im Leben«, als er diese Landschaft beschrieb. Hier, sagte Omar, sehen Sie die Farbe von Gottes Antlitz. Gottes Hände, die diese Landschaft geschaffen haben, haben die sonnige Farbe getragen, die alle Landschaften der Welt am frühen Morgen erleuchten lässt, hier aber für immer und ewig zu Hause ist, liebe Gäste, das Zuhause der Ur-Farbe. Monique fasste meine rechte Hand und wiederholte, sichtlich bewegt: Die Ur-Farbe. Danke für die Brille, Erik, sie ist super, sie entstellt die Ur-Farbe nicht zu sehr. Ich entzog ihr meine Hand ganz langsam, als wollte ich eine Schlafende nicht wecken. Und da ich nicht wusste, was ich mit der befreiten Hand machen sollte, kratzte ich sie mit der linken, bis ein Tropfen Blut perlte. Omar erzählte jetzt prosaischer von den gewobenen Tüchern der Beduinen, die wir kaufen könnten, er erzählte, dass die Verschleierung der Frauen und auch der Männer eine Sache des Klimas und nicht der Religion sei, ein Schutz gegen Kälte und Hitze, die radikale islamische Verschleierung sei nur ein Missbrauch dieser Sitten. Manche Gäste machten ein Ich-habe-es-dir-doch-schon-immer-gesagt-Gesicht. Wir stiegen aus. Von Beduinenfrauen selbst gewebte Schals und Kleider wurden unter einem großen Zelt vorgeführt.

Als wir eine Stunde später die Lammspießchen aßen, wunderte ich mich, dass niemand an meiner Seite plapperte. Ich schaute zu Nelly rüber, aber Monique saß auch nicht bei ihr. Ich dachte, sie sei auf die Toilette gegangen, wahrscheinlich ein Loch in einer Blechhütte hinter der nächsten Düne. Aber als wir mit dem Essen fertig waren, war Monique immer noch nicht zurück. Nelly machte sich anscheinend keine Sorgen, sie unterhielt sich lebhaft mit einer anderen Dame über die Wolltücher, die beide gekauft hatten. Sie schien jetzt daran gewöhnt zu sein, mit ihrer Schwester nur noch nachts im Nebenbett sprechen zu können, und wahrscheinlich schlief Monique da sofort ein oder tat zumindest so als ob. Als unsere Blicke sich trafen, schien sie zu erwachen. Sie musste das Zelt durchqueren, um mich zu fragen: Ist meine Schwester nicht bei Ihnen?

Wir liefen beide beunruhigt nach draußen, die Sonne stand senkrecht am Himmel und meine Augen schmerzten. Eine kleine rote Katze flitzte von mir weg. Nelly ging zu den Toiletten und ich zu den leeren Jeeps. Dann ging ich hinaus, Richtung Wüste, immer schneller, bis ich zu rennen begann, als ich von Weitem Nelly allein zurückkehren sah. Unser Rastplatz öffnete sich zwischen zwei hohen Felsen, die Schatten spendeten, und dahinter fing die Wüste an. Ich erlebte einen Albtraum, eine Posse von Albtraum, die kleine dicke Madame geht in die Wüste, und mein verdrehter Humor war gar nicht lustig und ich fing an, Moniques Namen zu rufen.

Wer in der Wüste rennt und schreit, wird schnell müde. Ich hatte keine Kondition. Omar schickte zuerst die Jeepfahrer auf die Suche. Monique musste noch in der Nähe sein. Er selbst suchte weitere Zelte in der Nähe ab und einige Beduinen liefen an den Felsen entlang. Wir gaben eine genaue Personenbeschreibung, so als ob viele blonde Belgierinnen allein in der Wüste herumliefen. Sie trägt eine Sonnenbrille, sagte ich, als ob nicht alle blonden Belgierinnen, die jetzt allein in der Wüste herumliefen, eine Sonnenbrille trügen. Die Fahrer kamen bald erfolglos zurück. Den zwei Polizisten, die immer bei uns saßen, war es gelungen, einen Helikopter anzufordern. Sehr weit konnte Monique doch nicht gekommen sein. Sie würde irgendwo erschöpft im Schatten eines der verwinkelten Felsen sitzen, eine Weile abwarten und zurückkommen, glücklich, dass man sich Sorgen um sie gemacht hatte, selig, die kleine dicke Madame, dass sie ihr Unglück demonstrieren konnte, dass die blöde Nelly sie endlich ernst nehmen musste. Selig, ihrer Schwester zu beweisen, dass man wirklich in der Wüste verschwinden kann; ja, große Schwester, sehr gut möglich ist das Verschwinden in der weiten Wüste, sehr gut möglich.

Monique blieb unauffindbar, wir hörten einen Helikopter hin und her knattern und, liebe Gäste, wir müssen zurück, wir selbst können da nicht mehr helfen. Nichts, wir können nichts machen, es tut mir leid, es tut uns leid. Wir fuhren ohne ein Wort zum Hotel. Im Bus war nur Nellys Schluchzen zu hören. Sabrina sprach sehr leise mit Omar. Ich sah auf die Leere des Sitzes neben mir, stützte meine rechte Hand darauf. Alle ihre Fragen hätte ich beantworten können. Ihr bester Freund sein. Sie eine Nacht, mindestens eine Nacht trösten können. Selbsthass sitzt im Mund. Meine Spucke blieb an meinen Mundwinkeln kleben, die Träne in der Nasenhöhle. Monique blieb unauffindbar. Im Hotel fand ich ihren Notizblock und ihren Fotoapparat in meinem Rucksack.

Epilog

Zwei Jahre sind vergangen. Nelly hat mir das Foto geschickt, auf dem man sie Seite an Seite mit Monique, beide mit Granatäpfeln, sehen kann. Auch Sofia hat mir einige Fotos geschickt, darunter das Bild, das sie geknipst hatte, als ich sie auf ihr Lächeln ansprach. Im Hintergrund ist Monique zu sehen und auf einem Gruppenfoto im Restaurant lächelt sie ganz am Rand. Ich habe Christoph den Notizblock und den Fotoapparat seiner Mutter gebracht. Mein ehemaliger Schüler hat immer noch ein rundes Gesicht und unschuldige Augen. Er weinte, als ich ihm von seiner Mutter erzählte und sagte, er freue sich, dass wir, seine Mutter und ich, uns kennengelernt hätten. Er freue sich, dass seine Mutter einen Freund auf dieser Reise gehabt habe.

Unser Haus haben Viola und ich verkauft. Ich unterrichte an einer Privatschule in den Niederlanden. Unsere Tochter besucht mich ab und zu mit ihrem Freund, sie halten sich gern in Amsterdam auf. Viola und ich können uns ohne Hass, ohne Groll unterhalten. Sie lebt mit Ingo zusammen, sie sind sehr mit der Schule und dem Euregio-Literaturpreis beschäftigt. Ich habe versucht, mit Omar Kontakt aufzunehmen, den ich gebeten hatte, mir seine E-Mail-Adresse zu geben, meine Mail ist aber zurückgekommen, die Adresse sei fehlerhaft. Von der Reiseagentur, für die er arbeitete, konnte ich auch keine Informationen erhalten. Dieses Buch habe ich Monique gewidmet, aber ich träume davon, dass Johanna wie im Film bei einer Lesung erscheint und mich ihr Exemplar signieren lässt und sagt, sie warte draußen auf mich. Vor jeder Lesung stecke ich die kleine Brosche aus Jordanien in meine Tasche.